Markus Tönnishoff

Wenn der Affe sich schnäuzt, klingelt die Kasse

Garstige Satiren

www.tredition.de

© 2015 Markus Tönnishoff
Umschlagfoto: Markus Tönnishoff
Verlag: tredition GmbH, Hamburg

ISBN
Paperback: 978-3-7323-3586-2
Hardcover: 978-3-7323-3587-9
e-Book: 978-3-7323-3588-6

Printed in Germany

Inhalt

Ich werde Intensivstraftäter

Eigentlich verdiente ich mir mein Geld auf ehrliche Art und Weise. Aber dann machte ich eine Umschulung zum Intensivstraftäter. Mir erschien der Beruf reizvoll, war er doch mit einer deutlich besseren Bezahlung verbunden und bot obendrein noch die Möglichkeit, die Arbeitszeit selbstständig gestalten zu können. Vor der Justiz war mir nicht bange, im Gegenteil.

„... Wegen fehlender Haftgründe setzte die Polizei den Täter, der bereits 140 Einträge in seiner Strafakte hat, und deshalb als Intensivtäter gilt, nach der Festnahme wieder auf freien Fuß." Die Rezeption dieser erfrischenden Zeilen in der Tageszeitung meines Vertrauens nötigte mir Respekt ab. 140 Einträge in der Strafakte waren ein eindrucksvoller Indikator für die Leistungsfähigkeit und Einsatzbereitschaft des Täters. Ich hingegen ging nur einer legalen und vergleichsweise wenig einträglichen Beschäftigung nach – ein Umstand, der bei meiner Freundin Nini, bekanntlich die hübscheste Frau diesseits des Universums, zu erstaunlichen Gedankengängen führte. „Warum machst Du nicht auch eine Ausbildung zum Intensivtäter? Dann hätten wir mehr Geld und müssten auch keine Steuererklärung mehr ausfüllen", war von ihr zu vernehmen.
Da ich Ninis Ratschlägen stets große Aufmerksamkeit entgegenbringe, kümmerte ich mich flugs um meine neue berufliche Perspektive. Ein Anruf bei der Arbeitsagentur sollte mich weiterbringen. „Wo

kann ich eine Ausbildung zum Intensivstraftäter machen?", wollte ich von dem Berufsberater auf der anderen Seite des Telefons wissen. Der gute Mann zeigte sich bestens informiert: „Das ist ein freier Beruf, für den Sie keine Ausbildung benötigen. Sie können gleich loslegen, wenn Sie ein Betätigungsfeld finden", sagte er. Learning by Doing sei angesagt.

Die Antwort rief Mut in mir hervor, doch trotzdem blieben ein paar Zweifel in meinem Kopf erhalten. Wie und wo könnte ich eine Abschlussprüfung ablegen und ein Zeugnis für meinen neuen Beruf bekommen? Die örtliche Industrie- und Handelskammer wusste Antwort. „Lassen Sie sich gelegentlich bei Ihrem glorreichen Tun erwischen und achten Sie darauf, dass die sogenannten Strafen sorgfältig in die Polizeiakte eingetragen werden, damit Sie einen amtlichen Nachweis haben", informierte mich ein Mitarbeiter der Rechtsabteilung. Auch auf die Beantragung eines Gewerbescheines könne ich getrost verzichten. Also machte ich mich frisch ans Werk, jedoch wollte ich zunächst klein anfangen, um in Übung zu kommen.

In einer nahe gelegenen Sandkiste entdeckte ich einen kleinen Jungen, der seine albernen Kuchenförmchen samt einer giftgrünen Plastikgießkanne um sich herum verstreut hatte. Behände nahm ich die Gegenstände an mich, suchte das Weite und fand es auch. Der unverschämte Junge nahm jedoch laut plärrend mit seinem Rad die Verfolgung auf, sodass ich gezwungen war, dem Gör ein paar gut platzierte Ohrfeigen zu verpassen, es vom Rad zu schubsen und selbiges auch noch mitzunehmen. Zu Hause angekommen, erntete ich von Nini einen entnervten Blick, dem die Feststellung folgte, dass Backförmchen und ein Kinderrad nicht gerade die Gegenstände seien, die im Haushalt benötigt würden. „Aber die Gießkanne kann ich gut gebrauchen", ließ sie mich wissen und schritt mit dem neu erworbenen Objekt zur Blumenpflege.

Ninis Kritik an meinem Handeln leitete ein Umdenken bei mir ein. Zweifellos musste meine Arbeit effektiver werden. Ich überlegte, von Autos Sommerreifen zu klauen und sie im Winter als Winterreifen zu verkaufen. „Damit deckt man gleich zwei Aufgabenfelder ab, nämlich Diebstahl und Betrug", dozierte ich. Ninis Ansicht zufolge war ich mit diesen Gedanken auf dem richtigen Weg, aber trotzdem zu kurz gesprungen. „Warum klaust Du nicht gleich ein ganzes Auto?"

Da es mir im Herzen weh tut, Nini zu enttäuschen, leitete ich unverzüglich die nötigen Schritte für ein derartiges Vorhaben ein. Ich besorgte mir eine schwarze Sturmhaube und verschiedene Drähte, die ich als Dietrich benutzen wollte. Eines Nachts schaute ich mir einen S-Klasse-Mercedes aus, der einige Straßen entfernt von unserer Wohnung abgestellt worden war. Leider stellte sich meine Vorbereitung als unvollständig und nur wenig durchdacht heraus. Mein Dietrich führte nicht dazu, dass ich den Wagen öffnen konnte, dafür sorgte er umgehend dafür, dass die Alarmanlage des Autos ihr gesamtes Potenzial abrief. Zahlreiche Nachbarn kamen aus ihren Häusern, um mein Handeln kritisch zu begleiten. Meine Erklärung, dass ich mich gerade zum Intensivtäter ausbilde, stieß jedoch auf Interesse und Wohlwollen. „Recht so, wir haben viel zu wenig Menschen in Deutschland, die den Sprung in die Selbstständigkeit wagen", entgegnete einer. Schnell fand ich Unterstützung, die Nachbarn organisierten einen Abschleppwagen, mit dem ich den Mercedes zu uns nach Hause bringen konnte. Nini bemängelte jedoch, dass das Fahrzeug nur noch drei Monate TÜV habe und obendrein der Tank nur zur Hälfte voll sei.

Der Besitzer der Nobel-Karosse brachte für mein Handeln nur wenig Verständnis auf, sodass ich mich das erste Mal vor einem Gericht verantworten musste. Ich rechtfertigte mein Tun damit, dass ich in der Kindheit nur wenig Spielzeugautos hatte – und eine S-Klasse schon mal gar nicht. Der gütige Richter verurteilte mich zu 26 Minuten Spielzeug sortieren in einer städtischen Kindertagesstätte, selbstredend auf Bewährung.

Nun fand ich es an der Zeit, eine neue Ausbildungsstufe zu erklimmen, sodass ich einfach mal das Haus unseres Nachbarn anzündete. Nini kritisierte zwar, dass uns das keinen finanziellen Mehrwert bringen werde, aber man kann sich auch nicht immer durch kleinliche Kritik von großen Dingen abbringen lassen. Die anschließende Gerichtsverhandlung verlief kurz und übersichtlich: Als mildernde Umstände erkannte der Richter, dass ich penibel darauf geachtet hatte, dass die Bewohner vor der Brandstiftung nicht zu Hause waren. Ebenfalls positiv fiel auf, dass ich, bevor die Flammen gewissenhaft ihre Arbeit verrichteten, noch schnell in das Haus eingebrochen war und zwei Meerschweinchen sowie einen Kanarienvogel und eine Rotbauchunke samt Terrarium in Sicherheit gebracht hatte. Das Strafmaß: zwei Stunden singen üben mit dem Kanarienvogel.

Als nächstes beschloss ich, dass die Straßenverkehrsordnung für mich nur noch eine eingeschränkte Geltung haben sollte. Tempo-30-Zonen frequentierte ich beherzt mit Tempo 210, und in den Spielstraßen, die nur mit Schrittgeschwindigkeit befahren werden dürfen, ließ ich es mir nicht nehmen, die Leistungsfähigkeit meines Wagens ebenfalls auszureizen. Entsprechende Strafbescheide ignorierte ich geflissentlich, bis ich eines Tages wieder mal vor den Richter musste, der mir ob meines häufigen Erscheinens das Du anbot. Eine Strafe verhängte er nicht. Begründung: Da ich bei Autobahnfahrten meist nur 90 fahre, werde das mit den Geschwindigkeitsübertretungen verrechnet.

Ich ärgerte mich ein bisschen, da es somit auch keinen Eintrag in die Strafakte gab, die ich als Zeugnis für mein segensreiches Handeln ansah. „Mit so einem mangelhaften Zeugnis kannst Du Dich nirgendwo sehen lassen", monierte Nini und spornte mich damit zu neuen Höchstleistungen an. Ich fing an, im großen Stil mit Rauschgift jeglicher Art zu handeln. Einem gewissen Verantwortungsbewusstsein konnte ich mich jedoch nicht entziehen – ich verkaufte an Kinder unter acht Jahren nur kleinere Mengen Haschisch und Kokain, das ich zuvor überdies bunt eingefärbt hatte. Außerdem lieferte ich den Stoff familienfreundlich direkt in Kitas und Grundschulen, weil Kinder noch keinen Führerschein ihr Eigen nennen. Erwachsene hingegen mussten mir zum Beweis ihrer Volljährigkeit ihren örtlichen Bibliotheksausweis vorzeigen, bevor ich ihnen mit einem verbindlichen Lächeln mehrere Kilo Heroin und andere gewünschte Stoffe in die Einkaufstasche packte.

Es kam, wie es kommen musste. Die Mutter eines siebenjährigen Kindes zeigte mich an, weil das Kokain, dass ich geliefert hatte, nur einen Reinheitsgrad von 99 Prozent hatte – dies sei Betrug. Diesem Vorwurf schloss sich auch der Richter an: „Du musst sorgfältiger arbeiten", sagte er und verurteilte mich zu 35 Minuten Windeln wechseln in der Geburtsstation des städtischen Krankenhauses. Dort verkaufte ich den Babys noch flugs den Rest meiner Haschisch-Vorräte.

Nachdem ich diese drakonische Strafmaßnahme abgearbeitet hatte, ging ich in die nächste Kneipe, sprach dort dem Alkohol übergebührlich zu und fuhr mit dem Auto nach Hause. Das Auge des Gesetzes erspähte mich dabei, sodass ich abermals vor dem Richter landete, wobei die Anklage das schöne Wort „Trunkenheitsfahrt" ins Feld führte. Das Urteil: Freispruch. Die Begründung: „Die Tat passt nicht zum Täterprofil", wie der Richter erklärte. Die

Staatsanwaltschaft forderte zwar vor dem Hintergrund meiner bisherigen Taten eine Haftstrafe, die der Richter jedoch abschmetterte. „Die Tat zeigt eindeutig, dass der Täter an seiner Mobilität überdurchschnittlich interessiert ist. Eine Haftstrafe würde selbige einschränken. Deshalb ist er als haftempfindlich einzustufen."

Mittlerweile hatte sich ein Runder Tisch konstituiert, an dem Menschen saßen, die mit meinem Handeln nicht einverstanden waren. Eines Abends schickte der Tisch einen Sozialpädagogen. Ich bat ihn herein und fragte nach seinem Begehr. „Wäre es nicht möglich", so der gute Mann, „dass Sie Ihre Tatenfreude vielleicht eventuell, wenn es Ihnen nicht zu viele Umstände macht, zumindest gelegentlich ein ganz kleines bisschen einschränken können?", fragte er. Ich versprach, darüber nachzudenken, schlug ihm die Zähne aus, stahl sein Handy und warf ihn aus dem Fenster.

„Nun musst Du Dich aber mal an dein Gesellenstück machen", forderte Nini und stellte das Wort „Raubmord" in den Raum. Wir diskutierten darüber, wie das Vorhaben am besten zu bewerkstelligen sei. „Nimm bloß keine Schusswaffe, dadurch würde zu viel Kohlendioxid freigesetzt", erklärte Nini mit Blick auf den Klimawandel. Also einigten wir uns auf den Einsatz eines Messers.

In den späten Abendstunden verließ ich unsere Wohnung und suchte mir in einer abgelegenen Straße ein geneigtes Opfer. Ein etwa 40-jähriger Mann fiel mir ins Auge, sodass ich ihn ansprach.

„Entschuldigen Sie, ich mache eine Ausbildung zum Intensivtäter und würde Sie deshalb jetzt gerne umbringen."

„Das kommt mir im Moment sehr ungelegen", antwortete er. Gleichzeitig tat er seinen Wunsch kund, noch ein wenig weiterleben zu wollen. Da ich meine Ausbildung keinesfalls aus den Augen verlieren wollte, erstach ich ihn kurzerhand, wobei ich beim Zustechen jedoch „Entschuldigung" sagte – in der Hoffnung, dass das später strafmildernd wirken könnte. Dann durchsuchte ich ihn und nahm vorsichtshalber sein Geld (36,85 Euro) an mich, weil ich es keinesfalls Kriminellen in die Hände fallen lassen wollte.

Ein paar Tage später wurde ich wegen meiner Tat vom Gericht vorgeladen und erlebte eine faustdicke Überraschung. Vom Vorwurf des Mordes wurde ich freigesprochen. „Du hast die Tat klimafreundlich ausgeführt", sprach der Richter, bevor er mich zu fünfmal Lebenslänglich mit anschließender Sicherungsverwahrung verurteilte. Begründung: „Du hast das erbeutete Geld nicht versteuert." Strafmildernd wirkte sich mein gutes Zeugnis aus. „Sonst wäre es 25-mal Lebenslänglich gewesen", so der gütige Richter.

Immer die neueste Technik dabei

Ein Besuch im Zoo ist stets anregend und entspannend. Deshalb lud mich mein guter Freund Matthias, auch Matze genannt, zu einem Besuch bei den meist vierbeinigen Schöpfungsteilnehmern ein. Wir lieben es beide, Tiere zu fotografieren, deshalb würden wir niemals einen Zoo ohne Kamera betreten. Matze nennt dabei grundsätzlich die neueste Technik sein Eigen. Genau das führte dazu, dass unser Besuch bei den lieben Tieren eher unübliche Dimensionen annahm.

„Ich habe hier die neue Nikon DX-Super-20000-Extra-Premium-High-Performance-Edition", stellte mir Matze seine neue digitale Spiegelreflexkamera vor, nachdem wir den Eingang zum Zoo passiert hatten. Die Kamerabezeichnung löste tiefen Respekt in mir aus, und ich überlegte kurz, ob ich vor diesem technischen Wunderwerk auf die Knie sinken sollte. Das sei jedoch nicht nötig, versicherte mir Matze. „Kann man mit der Kamera auch ins Internet gehen und sich Fotos runterladen, damit man sie nicht selbst machen muss?", wollte ich wissen. Nein, das sei zurzeit nicht möglich, so Matze. Aber die Kamera könne selbst Bilder machen, vorausgesetzt man drückt auf den Auslöser. Überdies habe sie ein drehbares Display, das auch als Getränkehalter zu nutzen sei. Jedoch habe er bis jetzt noch nicht allzu viel Zeit gehabt, sich mit den Feinheiten seiner neuen Errungenschaft auseinander zu setzen.

Die erste Station unseres Zoobesuches stellte das Eisbärengehege dar. Meister Petz schritt eindrucksvoll durch sein Reich, was mich und zahlreiche andere Besucher dazu animierte, auf den Auslöser zu drücken. Matze hingegen hatte die Augen auf das Display gesenkt und drückte auf irgendwelchen Knöpfen rum. „Wenn man Eisbären fotografieren will, ist der Weißabgleich sehr wichtig", murmelte er.

„Schalte doch einfach auf Automatik", riet ich ihm. „Das ist was für Anfänger", belehrte er mich, ohne den Blick vom Display zu lösen. „Aber dann hast Du wenigstens ein paar gute Fotos von dem Eisbären", sagte ich. Matze erwiderte, dass es nicht um gute Fotos, sondern um den richtigen Weißabgleich gehe und drückte weiter auf seinen Knöpfen herum.

Der Eisbär hingegen lieferte ein erstklassiges Showprogramm ab, er machte einen Kopfstand und jonglierte mit drei Dutzend Pinguinen, die verschiedenfarbig eingefärbt waren und sich ihrerseits zahllose Bälle zuwarfen, die der Bär wiederum mühelos in seine Choreografie einbaute. Die Kameras der Besucher hatten Hochleistungsarbeit zu verrichten, aus einigen stieg sogar Rauch auf.

Nach Beendigung der Show zog sich der Bär in seine Höhle zurück. Mittlerweile war es Matze völlig überraschend gelungen, den korrekten Weißabgleich einzustellen. „Wo, bitte, hält sich das Tier jetzt auf?", fragte er und lenkte seinen Blick ins Gehege. „In der Höhle", sagte ich.

„Ah, ja. Da muss ich für das Blitzprogramm einen neuen Abgleich einstellen", informierte er mich. Nach einer halben Stunde konnte er mit der neuen Einstellung aufwarten, aber da hatte sich der Bär in eine Ecke seines Geheges verkrochen, die nicht mehr einsehbar war. Matze jedoch schoss hoch zufrieden ein Foto von der leeren Höhle, bevor wir weitere Tiere mit unserem Besuch beglückten.

Das Aquarium des Zoos präsentierte sich ein wenig schummrig, als wir eintraten. „Schlechte Lichtverhältnisse zum Fotografieren", konstatierte Matze fachmännisch und rief mit seinem Handy die Zoodirektion an, um zu fragen, ob eventuell an das Aufstellen einiger Scheinwerfer gedacht sei. Da sein Anliegen unverschämterweise abschlägig beurteilt wurde, musste er sich erneut den Einstellungen seiner Kamera widmen. „Wichtig sind jetzt schnelle Verschlusszeiten", sagte er und begann an verschiedenen Einstellrädchen seiner Kamera zu drehen, die mir bisher verborgen geblieben waren – ihm aber auch. Ich begutachtete die verschiedenen Fische, Schnecken, Garnelen und Krebse in ihren Becken, machte hier und da eine Aufnahme mittels der Automatikfunktion, wobei ich aber darauf achtete, dass Matze das nicht mitbekam, denn die ist ja bekanntlich nur was für Anfänger. Matze hatte sich jedoch in eine Ecke zurückgezogen und darum gebeten, zwei Stunden nicht behelligt zu werden, um wichtige Einstellungen vornehmen zu können. Schnell hatte sich eine kleine Gruppe von Besuchern um ihn geschart, und ein kleines Kind fragte, was das für ein Tier sei. „Ein Fotofant", antwortete die Mutter. „Beißt der?", wollte das Kind wissen. „Nein, er dreht an Rädchen und drückt Knöpfe", erklärte die Erziehungsberechtigte.

Nach einer Stunde, mit den meisten Fischen duzte ich mich bereits, verkündete mein Freund, dass er nun die perfekten Einstellungen gefunden habe. Leider teilte uns ein Zoo-Mitarbeiter nun mit, dass das Aquarium heute ausnahmsweise wegen Reinigungsarbeiten früher geschlossen werde. Matze machte noch schnell ein Foto von dem guten Mann, und wir zogen weiter.

Als nächstes wollten wir den Löwen einen Besuch abstatten. Auf dem Weg dorthin hielt Matze konsequent den Blick aufs Display gesenkt und betätigte routiniert Knöpfe und Einstellrädchen. Am Löwengehege angekommen, stießen wir auf eine Menschenmenge, die uns den Blick ins Gehege versperrte. „Ein Mann ist ins Gehege gefallen, er wird gerade zerfleischt", hörten wir eine Stimme von weiter vorne. Die Leute drängelten und schoben, um einen Blick auf das Schauspiel werfen zu können. Matze schaute, ob seine Kamera vielleicht ein entsprechendes Motivprogramm zur Verfügung stellt, während Mitarbeiter des Zoos versuchten, sich nach vorne durchzuschlagen, um Hilfe leisten zu können. „Bitte gehen Sie alle zur Seite, und machen Sie den Weg für die Rettungskräfte frei", schallte es aus einem Megafon. Die Menschen wiesen dieses Ansinnen mit Empörung zurück, schließlich hätten noch nicht alle die Möglichkeit gehabt, das Geschehen zu fotografieren.

Diesem Argument konnten sich auch die Rettungskräfte nicht verschließen. Sie betätigten sich nun als Ordner und vergaben Nummern an die Leute, damit jeder mal nach vorne konnte und eine gerechte Reihenfolge eingehalten wurde. Als wir dort ankamen, leisteten die Löwen ganze Arbeit. „Vorsicht", rief ich, „da kommt der Kopf des Mannes angeflogen." Matze hatte in seiner professionellen Art immer noch den Blick aufs Display gesenkt. „Bei fliegenden und sich somit schnell bewegenden Objekten braucht man die Autofokus-Nachführung", dozierte er und versuchte, die entsprechende Funktion einzustellen. Die Löwen schleuderten noch einen Arm sowie einen leicht abgetragenen Schuh über das Gitter, bevor sie das Interesse an ihrem außergewöhnlichen Spielzeug verloren und sich zu einer verdienten Ruhepause zurückzogen. Matze war es mittlerweile gelungen, seine Kamera einsatzfertig zu machen. Er fotografierte den Schuh aus verschiedenen Perspektiven und schlug, hoch zufrieden mit der heutigen Bilderausbeute, vor, nun das Zoorestaurant aufzusuchen und eine Pause einzulegen.

Im Restaurant angekommen, ließen wir uns zwei Tassen Kaffee an den Tisch bringen. Matze war mittels seines Smartphones auf die Internetseite des Zoos gegangen und schaute sich die dort abgebildeten Tiere an. Nach nicht einmal zwei Stunden hatte er seine Kamera passend eingestellt und fotografierte die Bilder von seinem Handydisplay ab.

Wie eine Zeitung die Sprache revolutionierte

Journalisten mögen es nicht, wenn ihnen Politiker Sprachschaum entgegen blasen, um Probleme verbal verschwinden zu lassen. Jedoch sind Redakteure durchaus selbst in der Lage, Tatsachen hinter semantischen Irrlichtern zu verstecken.

„Das ist unglaublich", brüllte Chefredakteur Theobald Ohnegleichen während der Morgenkonferenz bei der angesehenen Tageszeitung „Nachrichtliche Nachrichten". Die Ressortleiter zogen die Köpfe ein. Auslöser des Wutanfalls war der Volontär Friedbert Pöselgruber, der sich bei einer Polizeimeldung ein wenig in der Wortwahl vergriffen hatte und nun sinnlos zum Fenster hinaus glotzte.

„Hören Sie sich das an", tönte Ohnegleichen, um im Folgenden die sprachlichen Verfehlungen des Volontärs aus der aktuellen Ausgabe vorzulesen. „Ein 38-jähriger Marokkaner hat am Montagabend eine Tankstelle an der Senator-Hallmackenreuter-Straße überfallen", zitierte er den jungen Kollegen. „Ein 38-jähriger Marokkaner", wiederholte der Chefredakteur. „Was haben Sie sich dabei gedacht?", donnerte er in Richtung des Volontärs, der sich ob der akustischen Attacke erst ein wenig sammeln musste, bevor er eine Antwort formulierte: „Nichts", war von ihm zu hören. „Die Polizei hat mitgeteilt, dass es ein 38-jähriger Marokkaner war", fügte er hinzu.

Ohnegleichen schraubte die Lautstärke seiner Ausführungen ein wenig herunter. „Wir nennen keine Nationalitäten, das ist diskriminierend. Es hätte genügt, wenn Sie von einem 38-jährigen Südländer geschrieben hätten", belehrte er den Nachwuchs. Der Volontär glotzte erneut, bevor seinem Mund eine Frage entwich. „Wo liegt Südland?" Dieses Land sei ihm im Erdkundeunterricht nicht begegnet, erklärte er. Politikchef Fridolin von Harnhausen zeigte sich ebenfalls skeptisch. „Dann könnten die Leser denken, dass es sich bei dem Täter um einen Brasilianer, Australier oder Bayern handelt", sinnierte er. Ohnegleichen ließ sich nicht beirren. „Dann schreiben Sie eben von einem Täter mit dunklem Teint." Von Harnhausen war noch nicht überzeugt. „Wenn ein Bayer unter der Sonnenbank war, hat er auch einen dunklen Teint", war von ihm zu vernehmen. Ohnegleichens Hals hatte merklich an Umfang zugenommen, als er erneut das Wort ergriff. „Dann schreiben Sie, dass ein 38-Jähriger den Überfall begangen hat."

„Aber damit diskriminieren wir doch alle 38-Jährigen", war nun vom Volontär zu hören.

Stille nahm von der Konferenz Besitz. Ohnegleichen rang um seine Beherrschung, ein Kampf, den er nur mühsam gewann. „Dann schreiben Sie eben, dass ein Mann eine Tankstelle überfallen hat", dozierte er und merkte im gleichen Augenblick, dass der glotzende Volontär anscheinend über weitere Widerworte verfügte. Und so war es auch. „Dann diskriminieren wir aber alle Männer."

Solche Unverschämtheiten war Ohnegleichen von seinem Personal nicht gewohnt. Trotzdem war es ihm ein Anliegen, jetzt bloß keine Blöße zu zeigen. Da kam ihm die Leiterin des Kulturressorts, Dr. Elvira-Konstanze Entenschnabel, zur Hilfe. „Was ist denn", hob sie an, „wenn wir in Zukunft einfach schreiben, dass ein Mensch eine Tat begangen hat?", schlug sie vor, erntete aber sofort Widerworte von von Harnhausen. „Nein, das ist nicht hilfreich, denn damit diskriminieren wir ja alle Menschen. Da würde uns Amnesty International aufs Dach steigen. Unmöglich", schloss er.

Entenschnabel ließ sich jedoch nicht so schnell entmutigen und stellte einen neuen Vorschlag in den öffentlichen Erlebnisraum: „Und wenn wir schreiben, dass ein Zweibeiner oder eine Zweibeinerin die Tat begangen hat?",

„Nein", schoss der Politikchef sofort dazwischen. „Das geht nicht, denn dann könnten sich auch andere Zweibeiner oder Zweibeinerinnen diskriminiert fühlen, Pinguine zum Beispiel – und ich möchte keinen Ärger mit dem pinguinpolitischen Sprecher der Grünen bekommen", sagte er.

Volontär Pöselgruber, der das Gespräch glotzend begleitet hatte, wagte sich nunmehr an einen anderen Vorschlag. Man könne doch, so der Volontär, einfach von einem Wesen sprechen, das die Tat begangen habe. Das sei so abstrakt, dass sich dann ja wohl niemand mehr diskriminiert fühlen könne, schlussfolgerte er. Doch da erntete er Widerspruch von Entenschnabel, die kenntnisreich anmerkte, dass dann Schwierigkeiten mit den Kirchen ins Haus stehen könnten. Chefredakteur Ohnegleichen, der sich mit Diskussionsbeiträgen zurückgehalten hatte, fühlte sich nunmehr bemüßigt, wieder beherzt in das Gespräch einzugreifen und einen Schlussstrich zu ziehen. „Bis auf Weiteres schreibe ich ab heute die Polizeimeldungen", sagte er knapp und entschwand aus dem Konferenzraum.

Am nächsten Tag wurden die Leser mit folgender Formulierung überrascht: „Eine vermutlich irdische Lebensform hat gestern Nachmittag eine Tankstelle an der Friedrich-Gansbein-Straße überfallen..." Kurz nach Erscheinen der Zeitung erhielt Chefredakteur Ohnegleichen einen Anruf vom Verband Deutscher Tankstellenbetreiber, der sich mokierte, dass die Verwendung des Begriffs „Tankstelle" diskriminierend sei. Ohnegleichen zeigte sich zerknirscht und setzte sofort eine Korrektur in die folgende Ausgabe seines Blattes, in der von einem Überfall auf „ein Gebäude mit treibstoffhandelndem Hintergrund" die Rede war.

Unterdessen war es Volontär Pöselgruber gelungen, auch mal wieder eine Polizeimeldung schreiben zu dürfen. „Eine irdische Lebensform mit autofahrerischem Hintergrund ist gestern Abend auf der Albrecht-Schlönzke-Straße bei einem Zusammenstoß mit einem Hirsch verletzt worden", konnten die Leser der Zeitung entnehmen. Kaum, dass Pöselgruber am nächsten Tag im Büro war, stürzte Ohnegleichen atemlos herein und brüllte in einer Lautstärke, die einen startenden Jumbojet mühelos in den Schatten stellte: „Hirsch! Hirsch!! Hirsch!!! Hat der Wahnsinn von Ihnen Besitz ergriffen? Hirsch!!!! Wie konnten Sie so etwas schreiben?", hechelte Ohnegleichen. Der Volontär glotzte zunächst. „Mit der Tastatur", antwortete er dann, „ich habe einfach auf die entsprechenden Tasten mit den Buchstaben gedrückt und…"

„Halten Sie den Mund", brüllte Ohnegleichen. „Ich habe gerade einen Anruf vom Verein der Deutschen Hirschfreunde, Sektion süd-nördliches Westfalen, bekommen. Der Verein erwartet, dass wir den Begriff ‚Hirsch' nicht mehr in negativen Zusammenhängen verwenden", schloss er und stapfte aus dem Raum.

Volontär Pöselgruber machte sich geflissentlich daran, eine Korrektur für die nächste Ausgabe zu verfassen: „Infolge eines Irrtums ist in unserer gestrigen Ausgabe das Wort ‚Hirsch' verwendet worden. Wir weisen darauf hin, dass es korrekterweise ‚Tier mit hirschlichem und waldbewohnerischem Hintergrund sowie Geweihtragkompetenz' heißen muss, und bitten, den Fehler zu entschuldigen."

Chefredakteur Ohnegleichen sah nun die Zeit gekommen, eine neue Sprachregelung einzuführen, die er sofort in Worte goss und seinen Untergebenen in Form eines Rundschreibens zukommen ließ. „Verehrte Kollegen, da die Benennung von Tatsachen nicht mehr zeitgemäß ist und wir unsere Leser auch nicht verwirren wollen, werden wir fortan den Weg zu neuen und präziseren Begrifflichkeiten beschreiten. Bitte berücksichtigen Sie in Zukunft folgende Sprachregelung: Die Begriffe ‚Türke‘, ‚Araber‘, ‚Libanese‘, ‚Marokkaner‘, ‚Afghane‘ und ‚Pakistaner‘ werden ersetzt durch ‚Irdische Lebensform mit außereuropäischem migrantischen Hintergrund und potenzieller Migrationserfahrung sowie kultureller Bereicherungskompetenz‘. Statt ‚Mann‘ schreiben wir nun ‚Kohlenstoffeinheit mit ypsilonchromosomalem Hintergrund‘, den Begriff ‚Täter‘ ersetzen wir durch ‚Handelnder mit nicht gesetzeskonformer Intention und Zielsetzung‘, aus dem ‚Tatverdächtigen‘ machen wir ‚humanoide Zelleneinheit mit noch nicht hinreichend bewiesener Kriminalitätsaffinität‘ und die ‚Frau‘ wird zur ‚Personin mit Menstruationshintergrund‘. Auch schreiben wir zum Beispiel nicht mehr ‚Der 38-Jährige‘, sondern ‚der 100- minus 70 plus Achtjährige‘. Aus dem ‚Autofahrer‘ machen wir ein ‚Wesen, das mit vierrädrigem Hintergrund auf Diesel- oder Benzinbasis unterwegs ist‘. Der ‚Radfahrer‘ erscheint zukünftig als ‚nichtmotorisierter Verkehrsteilnehmer mit zweirädrigem Hintergrund auf Kettenantriebsbasis‘ im Blatt. Mit freundlichen Grüßen, Ihr Theobald Ohnegleichen, Kohlenstoffeinheit mit ypsilonchromosonalem und leitendem Hintergrund sowie Buchstabenkompetenz.

Gemäß dieser unkomplizierten und leicht zu erlernenden Sprachregelung setzte sich Volontär Pöselgruber am nächsten Tag an die Tastatur, um die Leser mit Neuigkeiten zu beglücken. Wieselflink glitten seine Finger über die Tasten, sodass sich dann folgende Meldung in der Zeitung fand: „Bei einem Verkehrsunfall auf der Hugo-Schlönzke-Straße ist gestern eine 37- minus fünf plus neunjährige Personin mit Menstruations- und zweirädrigem Hintergrund auf Kettenantriebsbasis verletzt worden. Sie war beim Abbiegen in die Karl-Krawutzke-Straße mit dem Auto einer 18- minus zwei plus 28-jährigen Kohlenstoffeinheit mit ypsilon-chromosonalem Hintergrund, die einen vierrädrigen Hintergrund auf Diesel- oder Benzinbasis hatte, zusammengestoßen. Die Polizei nahm die Kohlenstoffeinheit mit ypsilon-chromosonalem Hintergrund fest, da sie vermutete, dass es sich bei dem Wesen obendrein um eine humanoide Zelleneinheit mit noch nicht hinreichend bewiesener Kriminalitätsaffinität handelte. Die Beamten hatten im Wagen der Zelleneinheit Einbruchswerkzeug gefunden. Die Ermittlungen dauern an."

Zahlreiche Leser kündigten am nächsten Tag ihr Abo, weil sie sich an dem Begriff „Einbruchswerkzeug" störten. Das sei diskriminierend, argumentierten sie.

„Ich bin gleich bei Ihnen"

Meine Freundin Nini und ich halten es für sinnvoll, gelegentlich etwas zu essen. Wir haben uns sagen lassen, dass das durchaus gesund und lebensverlängernd sei. Deshalb gehen wir des Abends gerne mal in ein Restaurant. Der letzte Besuch in einer derartigen Einrichtung nahm jedoch eher denkwürdige Züge an.

Die Speisekarte der Gaststätte „Zum lustigen Ochsen" versprach einige bemerkenswerte kulinarische Feinheiten, denen wir den Kontakt mit unserem Gaumen nicht verwehren wollten. Aus diesem Grund betraten Nini und ich, geschwängert mit Vorfreude, das nur mäßig besetzte Restaurant und platzierten uns an einem Tisch. Nini hatte sich als überzeugte Vegetarierin für die vegetarische Hühnerbrust mit fleischlosem Fleischsalat entschieden, ich hingegen wollte meinen Magen mit einer Hirschkeule samt Kroketten überraschen. Weiter hinten im Lokal, nahe des Eingangs zur Küche, entdeckten wir einen Kellner. Er putzte Gläser, sortierte behände Teller in ein Regal, staubte geschickt Speisekarten ab und ließ sich von der Anwesenheit der Gäste und von Ninis starrendem Blick nicht übermäßig irritieren. Nach mehreren Minuten nickte er plötzlich in unsere Richtung, was wir als ein Zeichen seiner baldigen Ankunft an unserem Tisch deuteten. Dann verschwand er in der Küche.

„Es kann hier mit der Bedienung etwas länger dauern", informierte uns ein Herr vom Nachbartisch, der mit seiner Frau da war. Er und seine Angetraute würden bereits seit drei Stunden warten, führte er weiter aus. „Und vor etwa einer Stunde ist der Kellner immerhin keine vier Meter an unserem Tisch entfernt vorbeigegangen. Es besteht also Hoffnung", fügte er mit verschwörerischer Miene hinzu.

Nini und ich traten in Beratungen ein und kamen zu dem Schluss, dass es einen Weg geben müsse, den Ober zeitnah an unseren Tisch zu locken, um freundlicherweise eine Bestellung entgegenzunehmen. Auf eine Serviette zeichneten wir den Grundriss des Restaurants, damit wir uns über die Wege, die der serviceorientierte Ober passieren musste, im Klaren waren. Dann postierte ich mich am Ausgang der Küche.

Nach wenigen Augenblicken stolzierte der Kellner zum Eingang der Küche heraus und verschwand mit mehreren Gerichten in Richtung eines Tisches im hinteren Bereich des „Lustigen Ochsen". Die beiden dortigen Gäste, ein Ehepaar in mittleren Jahren, sanken auf die Knie, um ihm für sein Tun zu danken. Der Mann schlug sogar vor, dem Ober als kleine Aufmerksamkeit einen Mercedes sowie eine Weltreise zukommen zu lassen. Seine Frau, die mit den Tränen kämpfte und den Kampf verlor, pflichtete ihm bei. Später erfuhren wir, dass die beiden drei Tage auf ihr Essen gewartet hatten und von ihren Verwandten bereits als vermisst gemeldet waren.

Nun bezog ich Stellung am Eingang zur Küche und bekam gerade noch mit, dass der Kellner sich aus dem Ausgang schlich und den Weg zum Keller einschlug. Als er bemerkte, dass ich ihm folgte und Nini dabei war, ihm den Weg abzuschneiden, schlug er geschwind einen Haken, hechtete zwischen meinen Beinen hindurch und flüchtete mit den Worten „Ich bin gleich bei Ihnen" in einen Gang, den wir zuvor nicht bemerkt hatten. Wir folgten ihm und gerieten in ein Labyrinth aus Gängen und Kellern. In einigen fanden sich mumifizierte Personen, die die Hand winkend nach oben reckten, andere hatten ein verzerrtes Gesicht, auf dem sich noch Spuren von Tränen finden ließen. Neben einem der Toten fiel unser Blick auf einen Geldschein aus dem Jahr 1954.

Nachdem wir kurz vor Mitternacht die Gaststube des „Lustigen Ochsen" wieder erreicht hatten, konnten wir beobachten, wie der Kellner das Salatbuffet abräumte. Wir nutzten die Gelegenheit, um uns von hinten anzuschleichen. Doch bevor wir seiner habhaft werden konnten, entdeckte er uns und flüchtete. Nini warf ihm noch einen Stuhl in den Weg, auf dass er stolpern möge. Geschickt und mit den Worten „Bin gleich da" übersprang er das Hindernis und verschwand in der Küche.

Wir hingegen gingen zurück an unseren Tisch, unsere Tischnachbarn hatten sich mittels eines Smartphones bei einem Lieferservice Liegen, Decken und zwei Pizzas bestellt. Nini fuhr kurz nach Hause, um unsere Schlafsäcke und einen tragbaren Fernseher zu holen, denn wir sehen gerne die Spätnachrichten, bevor wir uns zur Ruhe betten. Auch ein paar Bücher vergaß sie nicht mitzubringen. Gegen 1 Uhr nachts vernahmen wir eine vertraute Stimme. „Soll ich das Licht zum Schlafen ausmachen oder anlassen?", fragte der um unser Wohlbefinden besorgte Ober. Wir entschieden uns dafür, im Dunkeln zu schlafen.

Um 3 Uhr weckte mich der Ober, um mir mitzuteilen, dass er nun gleich an unseren Tisch kommen würde, eine halbe Stunde später unterbrach Nini meinen Schlaf, weil sie mir unbedingt erzählen musste, dass sie geträumt habe, dass der Ober an unseren Tisch gekommen sei. Um 4.03 Uhr wurde meine nächtliche Ruhe abermals vom Ober unterbrochen, der mich davon in Kenntnis setzte, dass es nun wirklich nicht mehr lange dauern könne. Um 4.41 Uhr rüttelte ich Nini wach, um ihr von der angedrohten Ankunft der Obers zu erzählen, damit sie sich auf den Bestellvorgang vorbereiten konnte. Gegen 5 Uhr wurde ich von Nini aus den Träumen gerissen. Sie tat mir kund, dass sie vergessen habe, welches Gericht sie eigentlich bestellen wollte. Um 5.34 Uhr wurden wir beide vom Ober geweckt. „Ich bin gleich bei Ihnen", flüsterte er und deckte uns fürsorglich zu. Es war genau 5.58 Uhr als Nini mich weckte, weil ihr ihre Bestellung wieder eingefallen war. Die Uhr zeigte 6.23 Uhr, als mir bewusst wurde, dass ich nun meinerseits meine Bestellung vergessen hatte. Sofort weckte ich Nini, um sie über diesen bedauerlichen Zustand zu informieren, während ich den Ober dabei beobachtete, wie er die Zeitung reinholte. „Gleich geht's los", wisperte er in unsere Richtung.

Unser Wecker verrichtete seinen geräuschvollen Dienst um genau 7.30 Uhr. Ich zog mich an und holte von einer nahe gelegenen Bäckerei ein paar Brötchen. Als ich zurückkehrte, waren auch die anderen Gäste aufgestanden und freuten sich über einen handgeschriebenen Zettel vom Kellner, auf dem er uns mitteilte, dass er in wenigen Minuten bei uns sein wird. Als wir kurze Zeit später in die Straßenbahn stiegen, um zur Arbeit zu gelangen, rief uns der Ober noch durch die sich schließenden Türen zu, dass es nun aber wirklich nicht mehr lange dauern werde.

Nach einem langen, harten Arbeitstag fanden Nini und ich des Abends wieder in unserer Wohnung zusammen. Wir empfanden keine Lust mehr, den Herd zu aktivieren, vielmehr stand uns der Sinn nach einem netten Restaurant, in dem man von vorne bis hinten verwöhnt wird. „Wollen wir essen gehen?", fragte mich die schönste Freundin diesseits des Universums. „Gerne", antwortete ich. „Aber wohin?"

Wir einigten uns auf „Zum lustigen Ochsen". Ich griff zum Fernseher sowie zu den Schlafsäcken, Nini packte vorsichtshalber noch drei Koffer und bestellte die Zeitung für die nächsten zwei Monate ab.

„Ey, Aldda, isch messer Disch"

In den letzten Jahren hat eine neue Sprache Teile von deutschen Großstädten erobert: Döner-Deutsch, das von geneigten Sprachwissenschaftlern auch liebevoll Kiezdeutsch genannt und als sprachliche Bereicherung interpretiert wird. Parliert wird es in erster Linie von Menschen, denen wir politisch korrekt einen Migrationshintergrund attestieren. Immer öfter schafft dieser liebenswerte Dialekt Sprachbarrieren zwischen Behörden und Migrationshintergründlern. Abhilfe muss her. Und ich helfe gerne.

Als Journalist bin ich der deutschen Sprache gegenüber relativ aufgeschlossen. Deshalb betrübt es mich, wenn sie statt zur Verständigung zu Verblüffung und Irritationen führt. Ein guter Freund, der seinen Lebensunterhalt in einer Behörde verdienen muss, setzte mich von einem unschönen Umstand in Kenntnis: Immer öfter verstehe er gewisse Besucher nicht mehr – und sie ihn nicht. „Wie wäre es mit einer Art Wörterbuch ‚Migrantisches Deutsch – Behördendeutsch'?", schlug ich vor. Er war dem Vorhaben nicht abgeneigt. „Aber pass' bloß auf, dass keiner diskriminiert wird", entgegnete er mit ängstlichem Blick. Seine Äußerung gab mir die Gelegenheit, meine Kenntnisse in antidiskriminierender Sprachkompetenz flugs eindrucksvoll unter Beweis zu stellen. „Der Begriff ‚keiner' ist bereits diskriminierend, weil er nur die Männlichkeitsform benennt und die Weiblichkeitsform nicht mit einschließt", dozierte ich. „Korrekterweise ist der Begriff ‚niemand' zu benutzen", fügte ich hinzu und sah ihm nach.

Zu Hause angekommen, beehrte ich meinen Schreibtisch mit meiner Anwesenheit, schaltete den Computer ein und machte mich frisch ans Werk. Zuerst stellte ich den schönen Satz „Ey, Aldda, isch messer Disch" in den Mittelpunkt meiner Betrachtungen. Die Diskriminierung, die in diesem Wortwerk steckte, sprang mir selbstredend sofort ins Auge: „Aldda", was im herkömmlichen Deutsch bekanntlich „Alter" heißt. Hier wird also nur der Mann angesprochen, die Frau ist von der Kommunikation ausgeschlossen und hat somit das Nachsehen. Diskriminierung pur! Das konnte so nicht stehen bleiben. Nach längerem Nachdenken entschied ich mich spontan für eine adäquate Übersetzung: „Guten Tag, sehr geehrter Mensch mit femininem oder maskulinem Hintergrund, ich werde Ihnen gleich ein aus Metall bestehendes Schneidewerkzeug mit einseitig geschliffener, feststehender, nach vorne sich verjüngender Schneidefläche unter Zuhilfenahme von körperlichem Druck in den oberkörperlichen Bereich inaugurieren."

Durchaus zufrieden mit meinem ersten Ergebnis wendete ich mich einer weiteren bemerkenswerten sprachlichen Bereicherung zu: „Isch mach' Disch Krankenhaus." Dieses erfrischende Sprachkonstrukt nötigte mir Respekt ab, doch nach kurzer Zeit gelang es mir, auch diese Formulierung in eine neue sprachliche Form zu kleiden. „Guten Tag, ich beabsichtige, eine Handlung durchzuführen, die gegen Sie gerichtete körperliche Aktivitätsmaßnahmen beinhaltet. Am Ende dieser Maßnahmen müssen Sie eine großgebäudliche Einrichtung aufsuchen, in der sich in ihrer körperlichen Handlungsfähigkeit eingeschränkte und im vitalkritischen Bereich seiende Lebewesen mit menschlichem Hintergrund befinden." Auch diese Übersetzung betrachtete ich als überaus gelungen, sodass ich mich nun an die erfrischende Aussage „Was guckst Du? Hab' isch Kino im Gesicht?" machte. Da ich nun schon ein wenig in Übung war, entdeckte schnell folgende Übersetzung das Licht der Sprachwelt: „Warum richten Sie Ihre sich im oberen Körperende befindlichen Sinnesorgane für die Aufnahme von optischen Impressionen auf mich? Ist in meinem Gesicht eventuell ein Lichtspielhaus installiert?"

Jetzt konnte mich nichts mehr halten, und ich stürmte beherzt der nächsten verbalen Translation entgegen. Aus „Du bischt Rindvieh" machte ich flugs „Ich betrachte Sie als eine Raufutter verzehrende Großvieheinheit", und die Formulierung „Isch geh Fahrrad", avancierte zu „Ich benutze ein zweirädriges aus Stahl oder Aluminium hergestelltes Mittel zur Fortbewegung, welches mittels Kraft der Beinmuskulatur, die auf eine Kette, die sich aus einer festgelegten Anzahl von Gliedern zusammensetzt, auf die mit Luft ausgestatteten Räder übertragen wird, um meine Destination zu erreichen."

Geradezu berauscht von den außergewöhnlichen semantischen Strukturen, die aus meinem Hirn flossen, widmete ich mich dem schönen Satz „Isch geh' Klo." Nach kurzem Nachdenken konnte ich auch für diesen Satz eine überzeugende Übersetzung liefern: „Ich suche eine stationäre Humanendausscheidungsaufnahmeapparatur auf, welche die von humanoiden Wesen generierten, anal, oral und genital eingebrachten, nicht verwertbaren Finalverdauungsproduktsegmente unabhängig vom Aggregatzustand derselben mittels Flüssigkeitsdruckspülung, bestehend aus Wasser- und Sauerstoff (H_2O), in den makrokapillaren kommunalen Sektor infusioniert." Mit dieser Übersetzung war ich nicht ganz zufrieden. Meiner Meinung nach zeigte sie insbesondere zum Schluss hin leichte Unklarheiten, denen ich mich später noch einmal widmen wollte.

Doch zunächst steckte meine Freundin Nini, die schönste Frau diesseits des Universums, den Kopf zur Tür herein. „Möchtest Du einen Kaffee?", fragte sie.

„Wie bitte?"

„Ob Du einen Kaffee möchtest", echote Nini.

„Ich versteh' nicht", antwortete ich.

„Ey, Aldda, Du Kaffee, ey?", war nun von ihr zu hören.

Das verstand ich sofort.

Klimawandel? Ja bitte

Wir Deutschen sind verliebt in Weltuntergänge. Ich habe sogar schon verschiedene mitgemacht – zum Beispiel den Atomkrieg in Europa. Er sollte nach Ansicht von Friedensfreunden zu Beginn der 80er-Jahre wegen der Nato-Nachrüstung ausbrechen, ließ sich dann aber doch nicht blicken. Es folgten das Waldsterben, das Robbensterben, enorme Hautkrebsraten dank des Ozonlochs, Vogelgrippe, Schweinegrippe und einige kleinere Weltuntergänge, die sich meinem Gedächtnis entzogen haben. Aktuelles Weltuntergangsszenario ist der Klimawandel, der das Herz von vielen guten Menschen in Deutschland höher schlagen lässt. Sie wissen, dass ihnen die Rettung der Welt obliegt. Ich frage mich aber mittlerweile, ob wir nicht ohne Weltrettung viel besser dastehen würden. Mir macht der Klimawandel keine Angst, im Gegenteil.

An einem besonders heißen Tag im Sommer suchte ich wieder mal den Zeitungshändler meines Vertrauens auf: Robert hat einen Kiosk mit allen handelsüblichen Presseerzeugnissen, die er gerne selbst liest, wenn gerade kein Kunde Kaufabsichten signalisiert. Darüber hinaus offeriert er Süßigkeiten, Eis, Kaffee und andere kalte Getränke. Er besteht darauf, dass seine Tätigkeit als Arbeit tituliert wird. „Hast Du schon gehört?", begrüßte er mich schon von Weitem. „Wegen des Klimawandels und der steigenden Hochwassergefahr will der Bremer Bürgermeister die Stadt abbauen und auf die Zugspitze verlegen", fuhr er fort. Robert und ich sind eingeborene Bremer, sodass Vorschläge unserer Politiker, denen wir tiefstes Vertrauen entgegenbringen, immer wieder zu beherzten Diskussionen führen.

Während mir Robert einen Kaffee kredenzte, wuchs in mir der Wunsch, ob seiner neuesten Erkenntnisse eine besonders intelligente Bemerkung zu machen. „Nun", sagte ich, „das Ganze hat aber nur Sinn, wenn zusätzlich noch Deiche auf der Zugspitze gebaut würden." Völlig zufrieden mit meinen intellektuellen Leistungen nippte ich an meinem Kaffee, wovon Robert sich jedoch nicht beeindrucken ließ und zu einem geistigen Höhenflug ansetzte. „Die Bundesländer müssen sich völlig neu orientieren", sinnierte er und fuhr fort: „Bayern müsste zum Beispiel darüber nachdenken, ob es nicht sinnvoll wäre, das Land auf einer dänischen Ölbohrinsel neu zu installieren."

„Und Baden-Württemberg muss unbedingt in den nächsten Jahren überdacht werden", warf ich ein. Zudem kamen wir zu dem Schluss, dass Niedersachsen und Schleswig-Holstein fusionieren sollten. „Dann könnte das neu entstandene Bundesland auf einem Stelzenbau auf Helgoland eine neue Heimat finden", schlug ich vor.

Doch nicht nur eine Neuorientierung der Bundesländer schien uns sinnvoll zu sein. Nein, wir begannen die Dimensionen des Klimawandels intensiver zu durchdringen. „Wegen der steigenden Temperaturen wird Deutschland auch ein attraktives Reiseziel für Tiere aus wärmeren Ländern", machte ich ein neues Fass auf.

„Stimmt", schallte es mir entgegen. „Man könnte zum Beispiel an der Nord- und Ostseeküste Anleger für Nilpferde bauen", meinte Robert. Ein Gedanke, der einer Weiterführung bedurfte, die ich gerne übernahm. „Die Tiere könnten sich dort ausruhen, einen Ohrenarzt aufsuchen oder sich von Hartz-IV-Empfängern die Zähne putzen lassen." Robert zündete sich eine Zigarette an. Das ist bei ihm stets ein Zeichen, dass er es nun auf eine komplette Betrachtung eines Themas anlegt. „Aber was ist, wenn Papageien nach Deutschland einwandern, die kein Deutsch sprechen können?", fragte er. Die Frage traf mich nur geringfügig unerwartet, sodass mir nach zweiminütigem Nachdenken spontan eine Antwort einfiel. „Nun, die müssten selbstredend vor der Einreise einen Sprachtest ablegen. Es ist uns natürlich nicht zuzumuten, dass wir uns mit Spanisch oder Portugiesisch sprechenden Papageien auseinandersetzen müssen", erklärte ich. Aber natürlich sei es auch so, dass die Papageien, die ja immerhin einem Migrationshintergrund haben, unser Land auf jeden Fall bereichern, führte ich weiter aus.

„Apropos Migrationshintergrund", griff Robert den Faden auf, „was machen wir mit einwandernden Pavianen? Sie sind in der Regel gering qualifiziert und haben einen roten Hintern."

„Man sollte ihnen auf jeden Fall einen Ein-Euro-Job anbieten. Und mit ihrem roten Hintern passen sie hervorragend zur SPD oder zur Linkspartei. Sie könnten zum Beispiel bei Abstimmungen im Bundestag fehlende Genossen ersetzen. Rein intellektuell würde der Unterschied teilweise gar nicht auffallen", trumpfte ich auf. „Dadurch würde sich auch die Zahl der Abgeordneten mit Migrationshintergrund im Parlament erhöhen. Es wäre also eine klassische Win-win-Situation", ließ sich Robert vernehmen und hob weitere praktische Aspekte der tierischen Einwanderung hervor.

So könnten neue Austernarten in deutschen Gewässern zum Schuldenabbau herangezogen werden. „Die haben doch oftmals noch Perlen, im Gegensatz zu unseren heimischen Arten", eiferte er sich und ließ sich nicht davon abhalten, sich weiter in das Thema hineinzusteigern: „Einwandernde Gorillas könnten ohne Weiteres bei der NPD oder bei islamistischen Vereinen Dienst tun. Dann hätten die dort wenigstens mal Mitglieder mit Hirn und Verstand", rief er aus. Seiner Begeisterung konnte ich mich nicht mehr entziehen. „Und Kamele könnten auftretende Überschwemmungen einfach wegtrinken und das Wasser in ihren Höckern für schlechte Zeiten speichern", merkte ich an. „Und die Tsetsefliege, die Malaria übertragen kann, impfen wir einfach dagegen", erklärte Robert. Zudem sei es sicher möglich, das Tier auch noch mit einer Grippeschutzimpfung zu versehen, sodass es den Impfstoff bei einem Stich auch an den Menschen weitergeben könne. „Das sorgt für Gesundheit in der Bevölkerung und Arbeitsplätze bei der Ärzteschaft", konstatierte er. Auch für einwandernde Krokodile fand

Robert eine nutzbringende Tätigkeit. „Wir benutzen sie als Stolperschwellen zur Verkehrsberuhigung in Tempo-30-Zonen."

„Ich liebe den Klimawandel", posaunte ich, bevor ich mich herzlich von ihm verabschiedete.

Ein paar Tage später führte mich mein Weg abermals an seinem Kiosk vorbei, und ich ertappte Robert dabei, wie er einen Zettel mit der Aufschrift „Kiosk zu verpachten" an die Scheibe seines Unternehmens klebte. Auf meinen fragenden Blick reagierte er prompt. „Ich habe unsere Vorschläge an die Bundesgeschäftsstelle der Grünen geschickt. Und ab dem kommenden Monat bin ich pavian- und papageienpolitischer Sprecher der Partei", erklärte er stolz.

Sein neuer Job rief in mir ausgewachsene Minderwertigkeitskomplexe hervor, sodass ich mich meinerseits hinsetzte und ein Schreiben an die Grünen aufsetzte. Unter anderem merkte ich darin an, dass die Einwanderung von Weißen Haien in Nord- und Ostsee aufgrund des Klimawandels eventuell in weiten Bevölkerungsteilen auf Ablehnung stoßen könnte, weshalb ich vorschlug, unter Wasser Bilder von Schlagersängern mit einer Gurke im Mund zu installieren, um die Tiere abzuschrecken. Außerdem, so mein Vorschlag, sollte für die possierlichen Schwimmer in deutschen Gewässern ein absolutes Rauchverbot gelten. Ich versprach mir durch meine Vorschläge einen Job als haipolitischer Sprecher.

Nach nicht einmal einer Woche hielt ich ein Antwortschreiben der Partei in meinen zitternden Händen. Meine Jobaussichten zerschlugen sich im Nu: Die Grünen warfen mir Rassismus gegen Fische mit Migrationshintergrund vor.

Der Männlichkeitsforscher

Im deutschen Wissenschaftsbetrieb gedeihen mittlerweile merkwürdige Pflänzlein. An Gender-Forscherinnen hat sich der interessierte Bürger längst gewöhnt, auch wenn er oft nicht weiß, was das ist und womit diese Spezies ihr Geld verdient. Kürzlich bin ich in einer Kneipe auf eine noch seltsamere Art gestoßen.

Eigentlich halte ich mich zu fortgeschrittener Stunde nicht mehr in Gaststätten auf, doch nach einem Abend mit alten Freunden blieb ich übrig, genau wie ein Glas Bier, dem ich noch meine vollste Aufmerksamkeit widmen wollte. Aber zunächst setzte sich ein unauffällig aussehender Herr von etwa 35 Jahren an meinen Tisch, da es immer noch sehr voll in der Gaststätte war. Nachdem wir ein wenig Konversation betrieben hatten, fragte ich ihn, womit er sein Geld verdiene. „Ich bin Männlichkeitsforscher", antwortete er. „An der Uni in Bremen", fügte er hinzu.

Dieses Berufsbild hatte sich bisher meiner Kenntnis entzogen, und ich konnte mir auch nicht im Geringsten vorstellen, wie seine Tätigkeit in der Praxis aussieht. „Heißt das, dass Sie gucken, ob ein Mann auch wirklich einen Penis hat und somit ein Mann ist?", wollte ich wissen.

Mein Gegenüber, welches sich inzwischen als Dr. Faltenbalg vorgestellt hatte, lächelte milde ob meiner profanen und in seinen Augen sicherlich kindischen Frage. Dr. Faltenbalg trank einen Schluck von seiner alkoholfreien Weinschorle. „Die biologistische Typisierung erfährt bei uns nur eine periphere Fokussierung", antwortete er. „Vielmehr geht es um die geschlechterkritische Perspektive in der Erforschung von Männern und Männlichkeiten. Die kritische Haltung bezieht sich dabei sowohl auf die Betrachtung von Geschlecht als Herrschaftsstruktur, inklusive dem Anspruch der Veränderung, als auch auf Selbstreflexivität der theoretischen und methodischen Herangehensweise", fuhr Dr. Faltenbalg fort.

„Das ist interessant", ließ ich mich vernehmen und fragte mich im Stillen, ob ich mehr verstanden hätte, wenn ich zuvor nicht mit mehreren Bieren Freundschaft geschlossen hätte. Ich kam zu dem Ergebnis: nein. Trotzdem wollte ich nicht als ungebildet erscheinen, und so dachte ich mir flugs eine Frage aus. „Was ist mit den Männlichkeiten, wie viele gibt es denn davon? Ich dachte immer, ein Mann hat nur einen Penis."

Dr. Faltenbalg war nicht aus der Ruhe zu bringen. „Wie schon erwähnt, spielt die Penisierung eine zu vernachlässigende gesellschaftliche Rolle. Kritischer Männlichkeitsforschung geht es weniger um die Beschreibung individueller männlicher Identitäten, als vielmehr um die Analyse einer sozial hergestellten hierarchischen und dichotomen Gesellschaftsstruktur. Bezüglich der Perspektivbestimmung kritischer Männlichkeitsforschung ist umstritten, ob alternative Männlichkeit, eine grundlegende Herrschaftskritik oder die Dekonstruktion von Männlichkeit das Ziel sein sollen. Als Ausweg wird des Öfteren zwischen der Dimension der bewussten Einstellungen und dem männlichen Habitus sowie zwischen Mann-Sein und Männlichkeit unterschieden. Seit einiger Zeit wird in der kritischen Männlichkeitsforschung ebenfalls darüber nachgedacht, inwieweit und unter welchen Bedingungen Männlichkeit im Sinne von undoing-gender in den Hintergrund treten kann. Kaum diskutiert ist bislang, ob das Geschlecht der Wissenschaftlerinnen und Wissenschaftler eine Rolle spielt", erklärte der Männlichkeitsforscher.

Mittlerweile hatten sich mehrere Zuhörer um unseren Tisch gruppiert. Einige starrten den Männlichkeitsforscher mit weit aufgerissenen Augen an, andere nickten verständnisvoll mit dem Kopf. Ein etwa 40-jähriger Mann rief „Hört, hört", von weiter hinten war ein „So, so", zu vernehmen. Der Wirt hatte die Musik ausgestellt, damit auch alle das hören konnten, was der Männlichkeitsforscher zu sagen versuchte. Mir war ein wenig schwindelig ob der geistigen Höhenflüge geworden, weshalb ich ein weiteres Bier bestellte. Trotzdem gelang es mir, der Logik von Dr. Faltenbalg zu folgen. „Das heißt also", hob ich an, „dass die Dekonstruktion in der Dichotomie der gesellschaftlichen maskulinen Strukturen eine proportionale Re-Perspektivisierung innerhalb der Sublimierung einer konsistenten Rezeptionsanalyse ist – und zwar ohne Penis."

Die Zuschauermenge an unserem Tisch war beachtlich angewachsen. Einige, die weiter hinten stehen mussten, versuchten, sich nach vorne zu drängeln. „Bravo", rief eine Frau dank meiner Ausführungen, von einer anderen war „Das wollte ich auch gerade sagen" zu hören. Ein paar Männer drückten ihr Wohlwollen durch Beifall aus.

Dr. Faltenbalg war nun sichtlich nervös, er setzte aber zu einer Antwort an: „Männlichkeitsforschung steht vor mehreren methodologischen Herausforderungen. Denn zum einen wird nur die eine – die männliche – Seite einer relationalen Ordnung der Geschlechter thematisiert. Dadurch können Differenzen überbetont werden. Des Weiteren wird diskutiert, wie Männlichkeiten und Männlichkeitinnen empirisch gefasst werden können. Als zentral wird dabei die Bezogenheit auf die Herrschaftsstruktur der Geschlechterordnung sowie die Herstellung von Differenz zur Weiblichkeit angesehen. Hier stellt sich das methodische Problem der Reifizierung, da die Erforschung von Männlichkeit zum einen Männlichkeit als Klassifizierungskriterium zugrunde legt und zum anderen Männlichkeiten immer wieder reproduziert. Daraus resultiert oft eine schematische Vorstellung von Männlichkeit, die sich auf Stereotype stützt. Nicht zuletzt deswegen blickt kritische Männlichkeitsforschung häufig auf die spektakulären Randbereiche von Männlichkeit", japste er und wischte sich den Schweiß von der Stirn.

„Jawohl, Bravoooo, Zugabe", schallte es aus dem Publikum. „Das ist spannender als ein Krimi", rief eine Frau ihrem Mann, der begeistert klatschte, zu. „Ja, Schatz, die stereotypische Männlichkeit im Randbereich der Perspektivierung – das ist einfach strukturell klasse", brüllte er zurück. Dr. Faltenbalg stand auf und verbeugte sich mehrmals vor dem begeisterten Publikum.

Keine Frage, jetzt war es an mir, Punkte zu sammeln. „Aber was ist mit der Typisierung der männlichkeits-basierten Herrschaftsstrukturen im geschlechtskritischen Diskurs normativer Divergenzkonvergenzen bei einem minimalistischem Habitus unter der besonderen Berücksichtigung der Dichotomie bei Zwerghasen und Kleintierschamponierern?", rief ich aus. Die Menge raste. „Genau, ja, so muss es sein, mehr davon", hörte ich aus der treuen Zuschauerschar, einige küssten meine Füße, andere knieten vor mir nieder und hoben den Blick, um mir ehrfurchtsvoll in die Augen zu schauen.

Aber auch Dr. Faltenbalg hatte seine Fans. „Los, Falti, tu noch einen raus", rief ein Herr, eine Frau assistierte: „Ja, sagen Sie doch noch etwas über reziproke Systemdichotomien oder über die Reifizierung der methodologischen Herausforderungen. Bitte, bitte, bitte", bettelte sie. Dr. Faltenbalg zitterte am ganzen Körper, doch dann gelang ihm noch ein intellektuelles Feuerwerk. „Die intersektionale Profilierung stringentiert die auf Diversität und Differenzen rekurierende Männlichkeitsforschung unter Zuhilfenahme hegemonialer Reproduktion, sie potenziert quasi interdependente und konzeptionalisierte Kategorien, die eine differenztheoretische

Programmatik ausdifferenziert haben", brachte er unter Aufbietung seiner letzten Kräfte heraus.

Der Begeisterungssturm seiner Fans ließ den Raum vibrieren. Ein etwa 50-jähriger Student, der an seinen Lippen gehangen hatte, brachte mit Freudentränen in den Augen neue Anregungen ins Gespräch. „Wir müssen auch die sublimen und konstruktivistischen Männlichkeiten und Männlichkeitinnen bei Nilpferden und Nacktnasen-Wombats untersuchen. Aus so einer Perspektive wird normative Männlichkeit als intrinsisch krisenhaft erkennbar", schrie er unter dem Beifall der Menge. „Und wie verhält es sich mit dem Strukturkonstruktivismus bei der Geschlechterforschung im Bereich der männlichen Nacktschnecken?", schob er noch eine kritische Frage nach. Die Menschen tobten und trugen ihn sowie Dr. Faltenbalg auf den Schultern durch das Lokal.

Ich nutzte die Gelegenheit, um mich von meinen Fans zu verabschieden, und trat den Heimweg an. Zu Hause angekommen, überprüfte ich sofort, ob mein Penis noch da war. Zu meiner Verwunderung konnte ich das Vorhandensein von gleich dreien konstatieren – was auch mit meinem abendlichen Alkoholkonsum erklärt werden konnte. Es war also alles in Ordnung, denn laut Faltenbalg gibt es ja mehrere Männlichkeiten – zumindest wenn man betrunken ist.

P.S.: Die Ausführungen des Männlichkeitsforschers stammen größtenteils wörtlich von der Internetseite

www.genderwiki.de/index.php/M%C3%A4nnlichk
eitsforschung,_kritische

sowie aus einer sogenannten wissenschaftlichen
Arbeit, die auf der Internetseite http://portal-
intersektionalitaet.de/uploads/media/Tunc.pdf zu
finden ist.

Warum ich mal mein Auto zerstörte

Dinge, die funktionieren, beunruhigen mich, ja, sie zerstören geradezu mein Vertrauen in die Technik. Denn je länger etwas funktioniert, desto größer ist die Gefahr, dass es irgendwann auf einmal kaputt geht. Mein Auto zum Beispiel fährt seit Jahren einwandfrei, kein Teil zeigt die weiße Fahne. Alle zwei Jahre klebt ein TÜV-Prüfer routiniert eine neue Plakette aufs Nummernschild, einmal im Jahr gönne ich meinem Wagen eine Inspektion, bei der er sich absolut unauffällig verhält. Er fährt und fährt. Mich macht das wahnsinnig. Es muss etwas geschehen.

„Sagen Sie mal, Herr Tönnishoff, was soll ich eigentlich mit Ihrem Wagen machen?", fragte mich Anton Wagenheber am Telefon. Wagenheber ist Kfz-Mechanikermeister und der Schrecken jeder Vertragswerkstatt, denn er weigert sich hartnäckig, etwas zu reparieren oder auszutauschen, was gar nicht kaputt ist. Deshalb hat er einfach eine eigene Werkstatt aufgemacht. Ich kenne und schätze ihn seit Jahren als absolut zuverlässigen Mechaniker. Am Morgen hatte ich meinen Wagen bei ihm abgegeben, auf dass er ihm eine Inspektion angedeihen lasse. „Das habe ich Ihnen doch heute Morgen gesagt", antwortete ich ihm und fügte hinzu: „Den Wagen durchschauen und das heil' machen, was kaputt ist. Außerdem die Teile austauschen, die verschlissen sind." Wagenheber war die Ruhe selbst. „Es ist aber nichts kaputt. Ich habe den Wagen komplett durchgecheckt. Die Bremsen bremsen, die Zündkerzen zünden, der Auspuff pufft vor sich hin, alles in Ordnung. Sie können den Wagen nachher wieder abholen", sagte er und legte auf. Ich war erschüttert.

Kurze Zeit später suchte ich Wagenheber in seiner Werkstatt auf, wo er gerade damit beschäftigt war, dem Motor meines Wagens ein paar Tropfen Öl zukommen zu lassen. Wir schüttelten uns die Hände. „Und es ist wirklich nichts kaputt, Sie haben nichts austauschen müssen?", fragte ich in banger Hoffnung auf ein doch noch kommendes Ja seinerseits.

„Nein", seufzte Wagenheber und stapfte zu einem Regal, um seine Ölkanne aufzufüllen. Ich schaute in den offenen Motorraum. Wahllos griff ich zu einem Schlauch und zog mit aller Kraft daran. Zunächst passierte nichts, dann riss er ab. „Herr Wagenheber, hier baumelt ein Schlauch herrenlos herum", rief ich aufgeregt. „Sollte man ihn nicht besser austauschen?" Wagenheber kam mit seiner vollgetankten Ölkanne zurück und warf einen Blick in den Motorraum, bevor er mich misstrauisch beäugte. „Das ist die Verbindung vom Wischwasserbehälter zur Scheibenwaschanlage", stellte er fachmännisch fest und schob den Schlauch mühelos wieder auf den Stutzen, der auch bisher sein Zuhause darstellte. Noch einmal traf mich sein misstrauischer Blick, dann widmete er seine Aufmerksamkeit dem Heck meines Wagens, wo er irgendwo mit seiner Ölkanne aktiv wurde.

Mein vollstes Interesse galt nun erneut dem Motorraum. Ich zog an einem Kabel, das auf einer Zündkerze steckte. Erst rührte es sich nicht, doch nachdem ich mich mit einem Bein auf der Stoßstange abgestützt hatte und mein ganzes Gewicht zum Einsatz brachte, hielt ich das eine Kabelende triumphierend in der Hand. „Herr Wagenheber, hier muss aber ein Kabel ausgetauscht werden", monierte ich. Abermals stapfte er heran, durchbohrte mich mit seinen Blicken und steckte das Kabel wieder auf die Zündkerze. Hatte er Verdacht geschöpft? Das Klingeln des Telefons vertrieb die Frage aus meinem Kopf und Wagenheber in sein Büro. Nun konnte ich endlich zur Bestform auflaufen.

Beherzt trat ich zunächst den linken Scheinwerfer kaputt. Das Geräusch des splitternden Glases spornte mich dazu an, mich weiteren Aktivitäten dieser Art nicht zu verschließen. Als nächstes musste sich der Kühlwasserbehälter von seinem angestammten Platz verabschieden. Mit einem herrenlos herumliegenden Hammer schlug ich so lange auf den Anlasser ein, bis er in die Kapitulation einwilligte. Ein Blick in Richtung Wagenhebers Büro zeigte mir, dass er immer noch ins Telefon sprach, sodass ich weiter meinen Tätigkeiten weiter nachgehen konnte. Bewaffnet mit einem Bohrer schob ich mich unter meinen Wagen und begann, meine Aufmerksamkeit dem Auspuff zu widmen. Es gelang mir, ihn in kürzester Zeit mit vier beachtlichen Löchern zu versehen und auch die Befestigung grandios zu beschädigen, bevor ich plötzlich ein paar kräftige Hände spürte, die an meinen Füßen zerrten. Da ich mit meinen Arbeitsergebnissen noch nicht vollständig zufrieden war und es deshalb vorzog, meine Position beizubehalten, verkrallte ich mich in den Auspuff. Wagenheber legte jedoch eine Beharrlichkeit an den Tag, die dazu führte, dass er mich mitsamt des Auspuffs ans Tageslicht zog, was ich zumindest als einen Teilerfolg wertete. Schnell kam ich wieder auf die Beine, Wagenheber hatte sich breitbeinig und mit ausgebreiteten Armen schützend vor meinem Wagen postiert. Wir belauerten uns wie zwei Boxer, wobei er immer weiter auf mich zukam und begann, mich in eine Ecke seiner Werkstatt zu drängen.

Um seiner Umzingelung zu entkommen, sprang ich auf ihn zu, rollte mich ab, glitt an seiner Seite vorbei und nutzte den Schwung, um nicht nur wieder auf die Füße zu kommen, sondern überdies nebenbei den anderen Scheinwerfer meines Wagens einzutreten, mich über die Motorhaube abzurollen, dabei den Scheibenwischer aus der Verankerung zu reißen, dann auf den Füßen zu landen, um den auf dem Boden liegenden Hammer zu ergreifen und selbigen zielstrebig und mit viel Wucht im Kühlergrill zu platzieren. Das heraustropfende Kühlwasser dokumentierte meine Treffsicherheit. Wagenheber versuchte noch, sich zwischen Hammer und Kühler zu werfen, eine Handlung, der ich Respekt entgegen brachte, die aber für ihn auf dem Boden endete.

Doch nun tropfte es nicht nur aus meinem Wagen, sondern auch aus Wagenhebers Augen. Ein lautes

Schluchzen schüttelte seinen massigen Körper, er hatte sich gegen einen Vorderreifen meines Autos gelehnt, was in mir die Überlegung hervorrief, den Reifen auch noch der Vernichtung zuzuführen. Da jedoch Wagenhebers Tränen bereits meine Füße umspülten, nahm ich von dem Vorhaben Abstand. Stattdessen klopfte ich ihm aufmunternd auf die Schulter, merkte völlig aus der Puste an, dass da wohl noch einiges am Wagen zu tun sei und dass er mich anrufen soll, wenn er fertig sei. Erschöpft und nach Luft schnappend verließ ich seine Werkstatt.

Ein Jahr später stand abermals das Thema Inspektion auf der Tagesordnung. Da es mir zu anstrengend war, sie wieder von Wagenheber machen zu lassen, brachte ich meinen Wagen in eine anständige Vertragswerkstatt. Gegen Nachmittag kam der erlösende Anruf eines Mechanikers: „Herr Tönnishoff, Ihr Wagen ist fertig. Wir haben routinemäßig die Zündkerzen, den Luftfilter, die Öl-, Wasser- und Benzinpumpe, die Lichtmaschine, die Batterie, Bremsscheiben und Bremsklötze, den Kühler, die Heizung, den Auspuff, das Getriebe, den Motor sowie die ganze Karosserie nebst Armaturen und Sitzen ausgetauscht. Und natürlich den Aschenbecher", fügte er der Vollständigkeit halber hinzu. Ich merkte sofort, dass es sich um eine absolut professionell arbeitende Werkstatt handelte. „Die Rechnung beläuft sich auf 28 648,99 Euro", erklärte der Mechaniker noch.

Na und? Hauptsache, es wurde was ausgetauscht. Ich war glücklich!

Wenn der Affe sich schnäuzt, klingelt die Kasse

Britische Wirtschaftswissenschaftler haben herausgefunden, dass Affen viel erfolgreichere Aktiengeschäfte machen als Menschen. Um das zu beweisen, hatten sie einen Computer so programmiert, dass er sich wie ein Affenhirn verhielt. Eine Meldung, die mich zutiefst beschäftigt hat, da auch ich gelegentlich Geschäfte an der Börse mache. Kein Zweifel, ein Affe musste her.

„Einen Affen. Du möchtest also tatsächlich einen Affen anschaffen, der deine Börsengeschäfte erledigen soll?", fragte mich meine Freundin Nini, wobei es ihr gelang, ihre Häme in den Klang von Fanfaren zu kleiden, sodass ich fast gewillt war, mein Vorhaben ad acta zu legen. Die schönste Frau diesseits des Universums legte sofort noch ein wenig nach: „Warum kaufst Du nicht gleich einen Elefanten, der kann mit seinem riesigen Kopf viel besser denken." Obendrein könne das Tier noch mit seinem Rüssel beim Staubsaugen und Aufräumen behilflich sein, konstatierte sie. Ich mahnte zu mehr Sachlichkeit, wovon Nini sich jedoch nicht beeindrucken ließ. „Kauf doch einen Delfin. Die gelten auch als intelligent, und er könnte in der Badewanne wohnen", schlug sie stattdessen vor. Nachdem ich Nini daran erinnert hatte, dass sich das von ihr gewünschte Audi-Cabrio nicht von alleine bezahle, stellte sich bei ihr flugs ein Umdenken ein. „Gut", sprach sie,

„gehe hin, und kaufe einen Affen. Und zwar schnell."

Bei einem Zoohändler erstand ich einen Schimpansen in den besten Jahren. „Sie müssen das Tier vorsichtig behandeln, es ist sehr sensibel", gab mir der Händler noch mit auf den Weg. Zu Hause angekommen, tauften wir den Schimpansen auf den Namen Schimpi und offerierten ihm sein Zimmer, das wir eigens für ihn eingerichtet hatten. Schimpi jedoch zeigte sich von dem herrlichen Kletterbaum in seinem ihm zugedachten Domizil wenig begeistert, stattdessen kletterte er an Nini hoch und ließ ihr eine neue Frisur angedeihen, der unglücklicherweise auch ein paar ihrer Haare zum Opfer fielen. Ihr Schreien verschreckte Schimpi, sodass er panisch floh und im Schlafzimmer unter Ninis Bettdecke Zuflucht suchte. „Du darfst das Tier nicht erschrecken, es ist sehr sensibel", belehrte ich meine empörte Freundin, die im Folgenden den Auszug des Affens aus ihrem Bett forderte. Sie sei schließlich auch sensibel, so ihr für mich eher fragwürdiges Argument.

Der nächste Tag begann mit einer erfrischenden Aktion unseres neuen Mitbewohners. Nachdem Schimpi seinen Kletterbaum zu uns ins Schlafzimmer geschoben hatte, fand er obendrein noch ein wenig Zeit, um mit Ninis Lippenstift die Wände meines Arbeitszimmers neu zu gestalten – eine Handlung, die bei ihr eine gewisse Schadenfreude („Das sieht ja nicht gerade nach dem Verlauf von Aktienkursen aus") und bei mir einen Anruf beim

Händler hervorrief. „Es geht noch mal um den Affen", begann ich behutsam das Telefonat. „Sie müssen Geduld haben", fiel mir der Händler ins Wort. „Das Tier ist überaus sensibel", belehrte er mich im Weiteren und legte auf. Schimpi hatte derweil den Lippenstift verspeist und sich rülpsend in sein Zimmer zurückgezogen.

Ich fasste den Entschluss, Schimpi nun an seine eigentliche Aufgabe heranzuführen. Auf große Zettel schrieb ich die Namen verschiedener Firmen, von denen ich Aktien kaufen wollte, und hielt sie Schimpi vor die Nase. Zunächst ignorierte er mich, dann griff er sich einen der Zettel (Commerzbank), schnäuzte sich damit, knüllte ihn zusammen und warf ihn mir an den Kopf. Ich wertete das als Ausdruck mangelnden wirtschaftlichen Verständnisses und kontaktierte erneut den Händler. „Es ist noch mal wegen dem Affen", hob ich an. „Es muss heißen, wegen des Affens", so der sprachbeflissene Mann. „Seien Sie nett zu ihm, er ist so sensibel", fügte er noch hinzu, bevor er auflegte.

Langsam stellten sich erste Fortschritte ein. Ich kaufte die Aktien von Unternehmen, die auf Zetteln standen, mit denen Schimpi sich schnäuzte, sie zusammenknüllte und mich damit bewarf. Das schien tatsächlich seine Form der Aktienbewertung zu sein. Allmorgendlich setzte ich mich in einen Sessel, ließ mich von Schimpi mit seinen ausgewählten und vollgeschnäuzten Zetteln attackieren und beauftragte dann meine Bank, die entsprechenden Aktien zu kaufen. Die Zettel mit Firmen, in die sich das sensible Tier nicht schnäuzte, sortierten wir aus und verkauften die darauf vermerkten Aktien. Innerhalb kürzester Zeit zeigten sich die Erfolge anhand unseres Kontostandes, der erfreulicherweise stieg und stieg. Sechs- und siebenstellige Zahlen auf dem Konto waren für uns immer undenkbar, jetzt wurden sie zur Normalität.

Nini kaufte sich mehrere Audi-Cabrios sowie diverse Lippenstifte, ich leistete mir einen Mercedes, eine Segelyacht und noch einigen anderen Mumpitz, den ich für nicht weiter erwähnenswert halte (ich glaube, zwei oder sieben Wolkenkratzer in New York mit insgesamt 10 000 Wohnungen waren auch dabei, genauso wie eine Hummerzucht und die gesamte Regierung irgendeines Drittwelt-Landes). Wir genossen unseren Wohlstand, verkehrten in den besten Kreisen und kauften täglich neuen Firlefanz. Unser Leben veränderte sich, aber ein Ritual blieb bestehen: Jeden Morgen bewarf mich Schimpi mit seinen Zetteln. Das war die Grundlage unseres Reichtums.

Doch plötzlich ließ Schimpis Spürsinn nach. Zwar bewarf er mich des Morgens weiterhin, jedoch mit den falschen Zetteln. Ich kaufte und verkaufte, wie es das sensible Tier empfahl, doch vergeblich. Der Kontostand hatte eine hurtige Abwärtsbewegung eingeschlagen. Ein Anruf beim Händler sollte helfen. „Es geht noch mal um den Affen", rief ich in den Hörer. „Sensibel", schallte es mir sofort entgegen. „Sehr sensibel. Wirklich sensibel", war noch zu hören, bevor ich in eine tote Leitung lauschte. Da dieses Telefonat nicht die erhoffte Lösung brachte, suchte ich das Gespräch mit Nini. „Wir müssen Schimpi entlassen", sagte ich. „Das können wir nicht machen, das Tier würde sofort Hartz IV beantragen müssen. Wir können ihm das nicht antun", flüsterte Nini mit einem traurigen Blick auf Schimpi, der fröhlich und mit bemerkenswerter Ausdauer weiter in die Zettel schnäuzte und gelegentlich mit Ninis Lippenstiften an den Wänden kreativ wurde. Ich schlug vor, es mit einem anderen Affen zu versuchen, einem Pavian zum Beispiel. Ein Vorschlag, der bei Nini nicht auf die erhoffte Zustimmung stieß. „Nein, Tiere mit einem derart ausgeprägten roten Hintern kommen mir nicht ins Haus", rief sie. Ich empfand das als paviandiskriminierend, konnte mich aber nicht durchsetzen.

Nini ging in den Keller, um eine Flasche Wein zu holen, damit wir das weitere Vorgehen bei einem guten Tropfen intensiv besprechen konnten. Innerhalb von Sekundenbruchteilen fand ich sie schreiend und mit weit aufgerissenen Augen wieder an meiner Seite: Sie hatte wohl im Keller den Gorilla entdeckt, den ich vorsichtshalber als Ersatz für Schimpi engagiert hatte.

PS.: Schimpi haben wir übrigens dann doch auf die Straße gesetzt. Wenn Sie also völlig unerwartet mit vollgeschnäuzten und zerknüllten Zetteln beworfen werden, dann reagieren Sie bitte äußerst besonnen. Das Tier ist sehr sensibel.

Suchen Sie sich ein Gericht aus

Die multikulturelle Gesellschaft wird von vielen Ignoranten kritisiert. Dabei sorgen Einflüsse von Menschen aus fremden Ländern für eine kulturelle Bereicherung, die teilweise Ihresgleichen sucht. In Großbritannien gibt es zum Beispiel revolutionäre Entwicklungen im Gerichtswesen – ein Trend, der nun auch hierzulande Wurzeln schlagen sollte.

Eines Tages schaute ich wieder mal bei Robert, dem Zeitungshändler meines Vertrauens, vorbei. Da er die meisten Zeitungen, die er zum Verkauf anbietet, auch liest, wenn er gerade nicht von Kunden belästigt wird, braucht man eigentlich selbst keinen Blick mehr in sie hineinzuwerfen – Robert erzählt einem alles. „In England gibt es bereits rund 100 Scharia-Gerichte", begrüßte er mich. „Und was machen die?", begehrte ich zu wissen. „Sie urteilen nach islamischem Recht", sagte er.
Ich muss zugeben, dass ich manchmal sehr naiv bin, so vertrete ich tatsächlich die Ansicht, dass es in einem Land nur ein Rechtssystem geben sollte, das für alle gültig ist. Aber wahrscheinlich gilt das inzwischen als altertümlich. Robert hob zu einer weiteren Erklärung des Sachverhalts an. „Auch Nicht-Muslime können die Scharia-Gerichte in Anspruch nehmen", verkündete er. Man könne sich also die Rechtsprechung aussuchen. „Das ist praktisch", füg-

te er hinzu. Wenn einem eine Rechtsprechung nicht gefalle, suche man sich eben eine andere.

Der Wirkung dieses Argumentes konnte ich mich nur schwer entziehen. „Wie wäre es", schlug ich vor, „wenn zum Beispiel Daimler auch ein eigenes Rechtssystem einführen würde?" Womöglich würde ein Prozess bei Daimler nicht so lange dauern, schließlich seien die Autos des Herstellers ja auch nicht gerade langsam. „Und wenn ein BMW-Fahrer vor einem Daimler-Gericht steht, könnte er zum Kauf eines Mercedes' verurteilt werden", spann Robert den Faden weiter. Ein schuldiger Mercedes-Fahrer hingegen müsse mit einem 600-PS-Mercedes zwei Jahre lang Tempo 30 fahren. „Da freuen sich auch die Grünen", merkte ich an, während mir die Vorteile verschiedener Rechtssysteme langsam bewusst wurden.

„Apropos Grüne", hob ich an, „wenn auch die Grünen ein eigenes Gericht anbieten würden, kämen endlich mal erfrischende Urteile dabei heraus." Bei einem Scheidungsprozess beispielsweise würden Männer grundsätzlich verurteilt. „Sie müssen dann ihre geschiedenen Frauen lebenslang mit dem Auto zu allen gewünschten Zielen bringen – aus Umweltschutzgründen muss das Auto natürlich geschoben werden", erläuterte Robert. Überdies, schlug er vor, würden die Männer dazu verdonnert, 50 Jahre lang Kröten und sehbehinderte Frösche über die Straße zu tragen. „Und zwar in Eimern, die sie vorher selbst aus Wolle stricken müssen, welche von Schafen stammt, die regelmäßig von ihrem Landwirt in

den Schlaf gesungen werden und mindestens dreimal wöchentlich eine Hufreflexzonen-Massage bekommen", ließ er sich vernehmen. In ganz harten
Fällen müsse es jedoch auch eine absolute Höchst-
strafe geben. „Nämlich einen Vortrag von Claudia
Roth zum Thema ‚Klimaschutzpreise und Klima-
schutzpreisinnen für Menschinnen und Menschen
mit migrantischem Hintergrund und Hintergrün-
din'", sagte er. Uns beiden schoss bei dem Gedanken daran ein eiskalter Schauer über den Rücken.
„Möglich, dass der Europäische Gerichtshof für
Menschenrechte dieses Strafmaß nicht durchgehen
lässt", zweifelte ich.
Als sinnvoll erachteten wir beide indes auch ein
SPD-Gericht. „Gemäß des Partei-Slogans ‚Das Wir
entscheidet' würden die Genossen zunächst 15 bis
60 Arbeitsgruppen bilden, die dann über den Straftäter diskutieren", sagte ich. Am Ende werde er
dann dazu verurteilt, 15 Jahre lang eine inklusive
Gesamtschule zu besuchen und die Wörter „Soziale
Gerechtigkeit" 80 000-mal in altgotischer Schrift ab-
zuschreiben und dem Gericht vorzutanzen. „Im
Prinzip sehr human", sinnierte Robert.
Ganz anders würde es natürlich bei einem Gericht
der Linkspartei zur Sache gehen. „Dort bekommt
ein Angeklagter grundsätzlich erst mal einen Steu-
ersatz von 60 Prozent zugesprochen, egal ob er
schuldig oder unschuldig ist", schlug ich vor. Wenn
das Gericht dann eine Schuld feststellt, kommen
noch einmal 200 Prozent dazu. „Um das bezahlen zu
können, muss der Verurteilte mehrere Jobs bei der

Linkspartei annehmen", erklärte ich. So könne der Delinquent im Museum der Partei zum Beispiel alte Stücke der Mauer restaurieren und den ehemaligen Trabbi von Gregor Gysi täglich sauber lecken sowie Gysis Glatze polieren. „Außerdem wäre es seine Aufgabe, den schönen Stacheldraht, der der Grenzsicherung diente, auf Hochglanz zu bringen. Und da er seine Steuerschuld sowieso niemals abtragen kann, könnte er sich zur Freude der Museumsbesucher von den ausgestellten Selbstschussanlagen erschießen lassen", ergänzte Robert. Als Bewährungsstrafe brachte er noch einen mehrjährigen Urlaub in Nordkorea ins Gespräch.

Ein derartiges Strafmaß rief bei uns beiden Gänsehaut hervor. Ich bemerkte, dass es dann auf jeden Fall besser sei, sich für ein Gericht des Deutschen Gewerkschaftsbundes zu entscheiden. „Da passiert dann nämlich gar nichts, weil die Richter alle streiken", sagte ich. Robert plädierte im Folgenden für ein Gericht der Bäckerinnung, weil es dann während des Prozesses frische Brötchen gebe. Wenn man nach der Verhandlung seinen Fall noch einmal vor dem Gericht des Verbandes der eierproduzierenden Industrie aufrollt, könne man sich dann auch noch ein schönes Ei-Brötchen machen.

Die Welt des Justizwesens erschien uns schlagartig bunt und vielfältig. „Wäre es nicht schön, wenn auch der Verband der Betreiber Deutscher Kasperle-Theater ein eigenes Justizwesen hätte?", trompetete ich. „Das wäre herrlich", antwortete Robert. „Dann könnte man jemanden dazu verurteilen, immer mit einer Kasperlemütze rumzulaufen und ein Stoffkrokodil im Schlepptau zu haben." Sollte ihm das zu peinlich sein, könne er ja zu einem Gericht des Verbandes der Sarghersteller gehen und sich dort zum Tode verurteilen lassen, ergänzte ich.

Ein normales deutsches Gericht erschien uns dagegen mehr als langweilig. „Dort bekommt man ja höchstens eine Bewährungsstrafe, weil man eine schlechte Kindheit hatte", stellte ich fest. „Genau", antwortete Robert. „Oder aber man wird zu sozialer Arbeit verurteilt – wenn man Glück hat, muss man nur ein paar Stunden Kasperle-Puppen sauber machen."

Wir empfanden die deutschen Gerichte als unkreativ und langweilig.

Nummern merken? Kein Problem!

Heutzutage muss man sich jede Menge Zahlen merken. Die eigene Handynummer stellt für manch einen schon eine Herausforderung dar. Doch auch PIN-Nummern für Kredit- und EC-Karten fordern einen Platz in unserem Kopf – und überfordern selbigen des Öfteren. Bekanntlich soll man die Nummern nicht aufschreiben und mit den Karten zusammen aufbewahren. Es gibt jedoch einfache Lösungen.

Kürzlich informierte mich meine Freundin Nini voller Wut darüber, dass ihr aus dem Auto ihre Handtasche samt EC- und Kreditkarte sowie das mobile Fernsprechendgerät gestohlen wurde. Ich versuchte sie zu beruhigen, indem ich darauf hinwies, dass es sich dabei nicht um einen Diebstahl, sondern lediglich um eine Umverteilung gehandelt habe. Womöglich stamme der Umverteiler aus einer bildungsfernen Familie und nenne obendrein noch eine schlechte Kindheit sein Eigen, fügte ich hinzu. „Warum hat er denn nicht gleich das ganze Auto gestohlen?", fragte Nini. „Nun", erwiderte ich, „vielleicht war er aufgrund seiner Bildungsferne nicht in der Lage, seinen Führerschein zu machen. Hier würde ich mir etwas mehr Mitleid von Dir wünschen."

Voller Scham ob ihrer Gefühlslosigkeit setzte sich die schönste Frau diesseits des Universums an ihren Schreibtisch, um eine neue Kredit- und EC-Karte sowie ein neues Handy zu bestellen. Nur wenige

Tage später waren die gewünschten Sachen da – und damit auch neue Probleme: Zwei neue PIN- und eine neue Handynummer galt es, sich zu merken.

Für die EC-Karte hatte sich die Bank die Nummer 111311 ausgedacht. „Die Nummer erinnert mich an nichts, die kann ich mir nicht merken", jammerte Nini. Ich kam nicht umhin, ihr meine Hilfe angedeihen zu lassen. „Du musst die Zahl einfach zerlegen und sie mit Buchstaben verbinden, die ein Wort bilden", erklärte ich und erntete damit nur einen fragenden Blick aus ihren porzellanblauen Augen. „Also", fuhr ich fort, „Du zerlegst die Zahl in elf, eins, drei und wieder elf. Der elfte Buchstabe des Alphabetes ist das K, der erste das A, der dritte das C und die letzte Elf steht wieder für das K. Also musst Du Dir nur das Wort ‚Kack' merken", dozierte ich. „Kack", echote Nini empört. „Nein, so ein Scheiß-Begriff kommt mir nicht in meinen Wortschatz", schnaubte sie. Also musste eine andere Lösung her, und da wir gerade beim Frühstück waren, fiel mein Blick auf die Butter.

„Wir ritzen die Nummer auf der Butter ein", schlug ich vor. Die Idee fiel bei Nini erfreulicherweise auf fruchtbaren Boden. Doch schon nach wenigen Tagen mussten wir über ein neues Vorgehen nachdenken. Nini beschwerte sich, dass das Bezahlen mit der EC-Karte doch ein wenig umständlich sei, wenn man immer zunächst die Butter aus der Handtasche nehmen müsse. Zudem sei sie beim Geldabheben von anderen Kunden mit seltsamen Blicken bedacht worden, als sie die Butter neben dem Geldautomaten platzierte. Auch die Mitarbeiter der Bank hätten sich irritiert gezeigt.

Aber Ninis Kopf wurde bereits von einer neuen Idee umzingelt. „Wir wollten doch schon lange ein Haustier haben. Was hältst Du davon, wenn wir eine Schildkröte kaufen und die Nummer auf die Unterseite des Tieres aufmalen?", hörte ich sie sprechen. Auch diese Idee führten wir einer konsequenten Umsetzung zu, jedoch lief ihr das behände Tier während eines Bezahlvorganges in einem Bio-Gemüsemarkt davon. Mittlerweile hatte die schönste Frau diesseits des Universums jedoch die EC-Kartennummer in ihrem Kopf verankert, sodass nun die Nummer der Kreditkarte darauf wartete, dort ebenfalls ein Domizil finden zu können: 2438.

Mit dieser Nummer konnte ich Nini natürlich nicht alleine lassen, flugs gelang es mir, eine überaus einfache Eselsbrücke zu formulieren. „Bei der Hinrunde der Fußballbundesliga im Jahr 1973 schoss der Bayern-Spieler Max Humperding in der zweiten Halbzeit des Spieles gegen Hannover sein viertes Tor. Nur drei Jahre später konnte er auf ein achtes Tor verweisen – 2438, ist doch ganz einfach", dozierte ich und hoffte, das Problem mit diesem unkomplizierten Weg gelöst zu haben. Stattdessen schaute ich in tellergroße Augen sowie auf einen weit geöffneten Mund, der sich einfach nicht wieder schließen wollte. Diese dezent angewendete Körpersprache war ein untrügliches Zeichen dafür, dass mein Vorschlag keinen Anklang fand.

Wieder war es Ninis Kopf, aus dem eine Lösung entsprang. „Wir kaufen einen Papagei und bringen ihm die Nummer bei", reimte sie. Gesagt, getan. Schnell war ein geeignetes Tier gefunden, welches sich jedoch hartnäckig weigerte, die Nummer im Gedächtnis abzulegen. Stattdessen merkte es sich nur ein einziges Wort, das es pausenlos zum Besten gab: „Kack." Später kam noch „Humperding" dazu. Wir einigten uns darauf, das Tier bei Gelegenheit aus Versehen wegfliegen zu lassen.

Unterdessen war mir die ultimative Methode einge- fallen: Jeden Abend setzte ich Nini Spaghetti vor, mit denen sie die Nummer formen musste. Erst wenn sie selbige 30-mal aus den Nudeln gebaut hat- te, durfte sie die Spaghetti essen. Nach einer Woche hatte sie die Nummer im Kopf und führte unsere Spaghetti-Vorräte dem Abfalleimer zu. Überhaupt war italienisches Essen fortan bei ihr nicht mehr wohlgelitten.

Als letztes Problem tat sich nun die Handy-Nummer auf: 0176 / 12 73 89 41. Die Vorwahl fand schnell den Weg in Ninis Gedächtnis, dem Rest der Num- mer verschloss es sich jedoch hartnäckig. Wie freute ich mich, dieser entzückenden Frau abermals mit einer sensationellen Eselsbrücke helfen zu können. „Du musst Dir nur folgendes Gedicht merken", do- zierte ich, um ihr selbiges gleich vorzustellen. „Pu der Bär hat 1 Nase, 2 Ohren hat dafür der Hase. 7 Frösche üben Handstand, 3 von ihnen tun's im Wandschrank. Der Haubentaucher duscht um 8, um 9 wird dann die Haube klar gemacht. Ein Nilpferd tut 4 Füße haben, zu Weihnachten ess' ich 1 Klaben."

Ninis Blick zeigte, dass eine gewisse Skepsis von ihr Besitz ergriffen hatte. Gleichwohl machte sie sich sofort daran, sich das Gedicht einzuprägen, wobei sich allerdings leichte Ungenauigkeiten einschlichen. „Ein Nilpferd isst gern' einen Klaben, ein Bär tut eine Nase haben. Frösche duschen stets um neun, und zwar beim Handstand, nicht im Wandschrank. Drei von ihnen haben Ohren, der Haubentaucher hat die Haube verloren", rezitierte sie beherzt. Da ich sie nicht enttäuschen wollte, ließ ich ihren Ausführungen einen ausgiebigen Applaus zukommen. „Sehr schön", log ich. „Und wie lautet noch mal die PIN-Nummer für Deine neue Kreditkarte?"

Die Antwort kam wie aus der Pistole geschossen: „Humperding."

„Ich fordere ein Redeverbot im Bundestag"

Wir Deutschen sind eher ängstliche Menschen. Nach zwei initiierten Weltkriegen befürchten wir nun, dass uns keiner mehr lieb hat. Um dem entgegen zu wirken, haben wir uns entschlossen, dass wir im Gegenzug dafür jetzt jeden lieb haben: Jeder Mensch, egal wer, erfährt ungefragt unsere vollste Wertschätzung. Wir kämpfen nunmehr an der Anti-Diskriminierungsfront, und zwar unnachgiebig, eiskalt und mit aller Härte. Jeder muss vor jedem geschützt werden. Und das geht nur mit Verboten. Mit Vorliebe und großer Vehemenz widmen sich die Grünen dieser Tätigkeit. Deren profiliertestes Mitglied, Claudia Roth, hielt beim letzten Parteitag eine beeindruckende Rede, mit der sie die feinsinnigen Kernanliegen der Partei in den öffentlichen Erlebnisraum stellte.

Noch einmal huschte Claudia Roths Blick über die eng beschriebenen Seiten ihres Manuskripts, während ein unbedeutender Vorredner am Pult in das Mikrofon sprach, das sich auch als einziger, jedoch geduldiger Zuhörer herausstellte. Roth war ein wenig pikiert, dass so ein unwichtiger Parteifreund die Vermessenheit besaß, seine Gedanken öffentlich zu äußern und damit den Saal leerredete. Sie schaute in die Halle und stellte fest, dass von den ursprünglich rund 400 Delegierten gerade einmal fünf die Nerven behalten hatten und in der Lage waren, einen halbwegs interessierten Gesichtsausdruck zu präsentieren, wobei sich zwei Delegierte aber bereits Streichhölzer zwischen die Augenlider geklemmt hatten, um nicht dem Schlaf anheim zu fallen.

Schon waren zahlreiche Kameras auf Roth gerichtet. Sie hatte sich fest vorgenommen, mit ihrer Rede der Diskriminierung in Deutschland ein für alle Mal ein Ende zu setzen. Endlich war ihr Vorredner fertig, und die sprechende Tränendrüse bahnte sich einen Weg durch die leeren Stuhlreihen zum Rednerpult. Ein eilfertig herbeigesprungener Helfer hatte ihr einen Becher mit frischem Kaffee auf das Pult gestellt, was bei Roth eine gewisse Empörung hervorrief. „Ich will eine Kaffeebecherin", zischte sie in Richtung Helferteam. Unter ihren wohlwollenden Blicken wurde ihr der Wunsch umgehend erfüllt. Inzwischen hatte sich auf den Gängen und Toiletten herumgesprochen, dass die einstige große Vorsitzende am Rednerpult Position bezogen hatte, und schnell füllte sich die Halle wieder mit ihren Getreuinnen und Getreuen, die sich niederließen und begannen, sich an ihre Lippen zu hängen.

„Liebe Grüninnen und Grüne", hob Roth an. „Wenn ich heute zu Euch spreche, dann tue ich das nicht nur, weil ich mich gerne reden höre, sondern auch aus einer tiefen Betroffenheit heraus, einer Betroffenheit, die mich tief betroffen macht", fuhr Roth fort. Diese rhetorisch beispiellose Leistung löste ersten Beifall bei ihren Zuhörerinnen und Zuhörern aus. „Ja, liebe Parteimitgliederinnen und Parteimitglieder, ich bin betroffen, und ich leide, ich leide unter den zahllosen Diskriminierungen, unter denen jeden Tag viele in diesem Land leiden müssen."

Ein paar Träninnen und Tränen zeigten sich in den Augen von Roth, doch schnell fasste sie sich und richtete erneut das Wort an ihre Jüngerinnen und Jünger. „Ja, liebe Freundinnen und Freunde, auch ich bin schon diskriminiert worden, und das hat mir im Herzen, äh, in meiner Herzin, wehgetan. Ihr alle wisst, dass ich seit Jahrzehntinnen und Jahrzehnten als Betroffenheitsbeauftragte in diesem Land tätig bin. Ich bin so eine gute Menschin, und ich kann in zehn Kameras gleichzeitig hinein weinen – aber glaubt Ihr, dass mir auch nur ein Hersteller von Taschentücherinnen und Taschentüchern einen Werbevertrag angeboten hat?", rief sie ins Publikum und erzeugte damit einen kollektiven Seufzer der Entrüstung. „Das ist Diskriminierung, und damit muss Schluss sein", hob sie ihre Stimme, um im Folgenden jeglicher Diskriminierung den absoluten, den totalen, Garaus anzukündigen.

„Wir werden jede Diskriminierung diskriminieren", fuhr sie fort. „Keine Menschin und kein Mensch soll sich je wieder diskriminiert und zurückgesetzt fühlen. Wenn wir wieder an der Regierung sind, werden wir in öffentlichen Bibliotheken ein Lese-Verbot verhängen, damit Analphabetinnen und Analphabeten nicht diskriminiert werden", rief sie unter dem Jubel der Delegierten aus. „Obendrein wird es dort auch nur noch Bilderbücherinnen und Bilderbücher geben", fügte sie hinzu. „Und auch Schwimmerinnen- und Schwimmerbäder werden wir ins Auge fassen", kündigte Roth an. „Es kann nicht angehen, dass Nichtschwimmerinnen und Nichtschwimmer den Schwimmerinnen und Schwimmern beim Schwimmen zusehen müssen. Dadurch könnten sie sich diskriminiert fühlen. Ich fordere ein Schwimmverbot in Schwimmerinnen- und Schwimmerbädern", posaunte Roth und setzte zu einer weiteren überzeugenden Argumentation an.

„Vergessen wir nie, was zu Beginn des 20. Jahrhunderts passiert ist. Damals wurde der junge Adolf Hitler nicht an der Berliner Kunstakademie angenommen. Das hat ihn zutiefst getroffen, sodass er wütend wurde und später einen Krieg anfangen musste. Das darf nie wieder passieren, liebe Grüninnen und Grüne, nie wieder. Nie wieder dürfen Kunstakademien, Hochschulen und Universitäten minderbegabte Bewerber ablehnen. Alle müssen aufgenommen werden, alle müssen das Abitur bekommen, denn das ist auch ein Mosaikstein im Kampf gegen Rechts, im Kampf gegen den Faschismus", rief sie aus und löste damit einen Klatscherinnen- und Klatschersturm aus. Eine Delegierte konnte ihrer Begeisterung nicht mehr Herrin werden und sank mit entrücktem Blick auf die Knie.

Mit gütigem Lächeln glitt Roths Blick über die Schar ihrer treuen Anhängerinnen und Anhänger, bevor sie erneut einen Einblick in ihre erstaunliche Gedankenwelt gestattete. „Ihr lieben, Ihr guten Menschinnen und Menschen, hört mich weiter an, leiht mir eure Ohrinnen und Ohren. Auch wir Politikerinnen und Politiker müssen neue Wege gehen. Natürlich gibt es im Deutschen Bundestag rhetorisch begabte Rednerinnen und Redner, aber was passiert, wenn sie eine Rede halten? Dann fühlen sich minder begabte Redner herabgesetzt. Damit das nicht mehr passiert, fordere ich ein Redeverbot im Bundestag. Solange das nicht durchgesetzt ist, schlage ich vor, dass die Fernsehsender und Fernsehsenderinnen die Debatten im Bundestag nicht mehr zeigen und stattdessen die alten Folgen von Lassie ausstrahlen. Damit Hundegegnerinnen und Hundegegner geschützt werden, muss die Sendung ohne Bild gezeigt werden. Sollte das nicht möglich sein, so sind einfach Geschichten aus dem Buch ‚Pu der Bär' und ‚Pu baut ein Haus' vorzulesen, wobei klargestellt werden muss, dass es auch Bärinnen gibt", ließ sich Roth lautstark und mit bebender Stimme vernehmen. Wieder brandete Beifall auf, und weitere Delegiertinnen und Delegierte begaben sich auf die Knie, um Roth zu huldigen.

Nachdem sich der Beifall langsam gelegt hatte, richtete Roth erneut ihre Wörterinnen an die Jüngerinnen und Jünger. „Liebe Menschinnen und Menschen, wie Ihr alle wisst, bin ich die Mutterin der Migrantinnen und Migrantin. Ja, ich gebe es zu, weil ich zu den Besserverdienenden gehöre, lebe ich in einem Stadtteil, in dem es gar keine Migrantinnen und Migranten gibt. Das macht mich traurig und betroffen, aber es hat auch eine Vorteilin, denn so ist es mir unmöglich, Migrantinnen und Migranten aus Versehen zu diskriminieren. Denn eines muss ich mal sehr klar sagen: Wo kommen wir denn hin, wenn Kinderinnen und Kinder sowie Erwachseninnen und Erwachsene mit migrantischem Migrationshintergrund und Migrationshintergründin sowie Migrationserfahrung, gepaart mit einem migrantischen Hintergrund, der vor dem Hintergrund migrantischer Migration noch migrantischer ist als die migrantische Migration mit dem Hintergrund vor dem Vordergrund migrantischer Migrationserfahrung von Migranten, die migrantisch vor dem Hintergrund migrantischer Erfahrung Hintergründe haben, die ohne migrantische Vordergründe in den migrantischen Migrationshintergrund rücken würden…" Hier machte sie eine rhetorische Pause, die ihre Wirkung nicht verfehlte. „Ja, wo kommen wir denn da hin?", donnerte sie dann in den Saal, der ob dieser logischen Finesse unter dem frenetische Beifall erbebte. Einige Teilnehmerinnen und Teilnehmer wurden bei der Anbetung von Roth beobachtet, andere ritzten sich ihren Namen mit Kugelschreibern und Kugelschreiberinnen in den Unterarm, wieder andere Delegiertinnen und Delegierte riefen mit verklärtem Blick „Claudia, ich will eine Kinderin von dir". Der Beifall wollte kein Ende nehmen, die einstige Vorsitzende war einen Schritt vom Pult zurückgetreten und richtete ihre Blicke gen Himmel. Sie hatte die Nervinnen und Nerven der Partei getroffen, daran gab es keinen Zweifel.

Nunmehr trat sie wieder an das Pult, und abermals erklang ihre Stimme durch die Mikrofonin. „Aber wir müssen noch weiter gehen, liebe Freundinnen und Freunde, wir müssen in jedem Alltag und in jeder Alltagin der Diskriminierung Stoppzeichen und Stoppzeichinnen entgegenstellen. Wer im Restaurant eine Pizza mit Thunfisch bestellt, der hat etwas grundlegend falsch gemacht, der hat die Zukunft der Antidiskriminierung noch nicht erkannt. Korrekterweise müsste er oder sie eine Pizza oder eine Pizzarin mit einem Fisch oder einer Fischin mit migrantischem Migrationshintergrund und Migrationserfahrung bestellen. Alles andere ist reinste diskriminierende Diskriminierung", rief sie aus, während der Beifall sie umtoste.

Zahlreiche Delegiertinnen und Delegierte bereiteten eine Eingabe an den Papst vor, in der sie die unverzügliche Heiligsprechung von Roth forderten. Roth selbst hatte begonnen, 20 Zentimeter über dem Boden zu schweben, womit sie ihren Anspruch auf die Heiligsprechung für jeden nachvollziehbar untermauerte. Dann schwebte sie durch die wogende Menge in Richtung Ausgang, wobei sie nicht vergaß, die mitgebrachten und ihr hingehaltenen Kinderinnen und Kinder zu segnen.

Roth, die nach dem Wahldebakel ihrer Partei im Jahr 2013 als Vorsitzende zurückgetreten war, wurde nach ihrer Rede zur Vorsitzenden auf Lebenszeit gewählt – und zwar mit 258 Prozent der Stimmen der Delegiertinnen und Delegierten. Roth empfand das Ergebnis als zu gering, aber hoffnungsverheißend.

„Dann zeige ich Sie an"

Das deutsche Justizsystem gebiert manchmal Freund-
schaften, die ohne selbiges nicht denkbar wären. Auch
meiner Freundin Nini und mir ist das passiert. Seitdem
führen wir ein völlig neues Leben – und zwar in einer für
uns ungewohnten Umgebung.

Als ich eines Abends nach Hause kam und arglos
unser Wohnzimmer betrat, staunte ich nicht
schlecht, dort einen eher kleingewachsenen, schlecht
gekleideten Mann mit Stoppelbart vorzufinden. Er
war gerade damit beschäftigt, eine Schreibtisch-
schublade zu inspizieren und hatte deshalb der Einfachheit halber sämtliche Gegenstände auf dem
Fußboden verstreut. Offensichtlich störte ich ihn bei
seiner Tätigkeit, denn er schaute mich verschreckt
an, was ich ihm nicht übel nehmen konnte, hatte ich
mich doch mit einem Besenstil bewaffnet, den man
ja selbstredend immer im Wohnzimmer aufbewahrt.
Keinen Zweifel, ich hatte einen Einbrecher vor mir –
und sogar einen sehr gebildeten.
„Wenn Sie mich mit dem Ding da verletzen, zeige
ich Sie wegen Körperverletzung an", setzte er mich
von seinem Vorhaben in Kenntnis. „Und ich Sie wegen Einbruchdiebstahls", entgegnete ich und um-
fasste den Griff des Besenstils fester. Unvermutet
entspannten sich seine Gesichtszüge, und sogar ein
Lachen zeigte sich in seinem Gesicht. „Dann müssen
Sie ins Gefängnis und ich nicht", war von ihm zu

vernehmen, „denn Körperverletzung wird härter bestraft als Diebstahl", fuhr er fort und steckte sich ein paar USB-Sticks, eine Armbanduhr und einen goldenen Ring, den ich in der Schublade verwahrt hatte, in die Hosentasche.

Ich griff zum Telefon, um die Polizei über die Vorgänge in unserem Wohnzimmer zu informieren und darum zu bitten, den verehrten Herrn Einbrecher freundlicherweise mitzunehmen. „Das würde ich nicht tun", riet mir der Unbekannte. „Wenn Sie die Polizei rufen, müssen Sie mich festhalten, bis sie kommt. Das ist Freiheitsberaubung. Und wenn ich mich wehre und Sie mich verletzen, dann wissen Sie ja, was Ihnen blüht", belehrte er mich und nahm sich noch ein paar Manschettenknöpfe sowie einige DVDs. Überdies begann er damit, den Receiver unserer Hi-Fi-Anlage aus dem Regal zu entfernen und transportfähig zu machen. Da er nicht mehr der Jüngste war, ließ ich ihm selbstredend meine Hilfe angedeihen, bevor er sich noch 100 Euro einsteckte, die ich unter einer Vase versteckt hatte, und verschwand.

Am Abend schilderte ich das Erlebnis meiner Freundin Nini, die für diesen Vorgang in unserem Haus nur wenig Verständnis aufbringen konnte. „Es muss doch noch Recht und Gesetz in unserem Land geben", rief sie aus und wählte die Nummer der Polizei, um sich Rat zu holen. Nach zehnminütigem Klingeln nahm ein Beamter ab. Nini tat ihm den Tathergang und die Ansichten unseres Einbrechers kund. „Tja", schallte es aus dem Hörer, „da hat der gute Mann nicht unrecht. Installieren sich doch einfach stabilere Türen und Panzerglasscheiben. Ein Hund könnte auch nicht schaden", fügte er hinzu. Nach Ninis Feststellung, dass derlei Vorhaben nicht unbedingt preisgünstig seien, riet er zur Aufnahme eines Kredits. „Und was ist, wenn Sie einfach vermehrt Streife fahren?", fragte sie vorwurfsvoll. Das sei leider nicht möglich, antwortete der Beamte, da die Polizei in erster Linie damit beschäftigt sei, bei Großveranstaltungen zu überprüfen, ob beim Verkauf von Getränkedosen auch das Dosenpfand kassiert werde und die Besen des Reinigungspersonals unfall- und verletzungssicher abgestellt worden seien sowie über eine gültiges TÜV-Siegel verfügen. „Der übrig bleibende Beamte ist zu Genüge damit ausgelastet, Anzeigen wegen Einbruchs anzunehmen und zu verwalten", war aus dem Hörer zu vernehmen.

Unsere Ratlosigkeit wurde durch das Geräusch von splitterndem Glas durchbrochen. Beherzt schritt unser Einbrecher durch den Rahmen des Terrassenfensters. „Entschuldigung, ich wollte Sie nicht stören, sonst hätte ich angeklopft. Mir ist aufgefallen, dass ich Ihre Lautsprecherboxen vergessen habe. Tun Sie einfach so, als wäre ich nicht da, ich komme schon klar", verkündete er und ging seiner Tätigkeit nach. Obendrein teilte er uns mit, dass er nun öfter mal vorbeischauen wolle. Am nächsten Morgen analysierten wir die Situation. Wir kamen überein, dass wir uns durchaus einen Einbrecher leisten können, wenn wir auf zwei Mahlzeiten pro Tag verzichten, die Geburt unseres geplanten Kindes auf das Jahr 2056 verschieben, uns Nebenjobs suchen und das Wort „Urlaub" aus unserem Sprachschatz verbannen.

Gegen Mittag klingelte es an der Tür, und unser neuer Gast begehrte Einlass. Routiniert durchsuchte er die Schubladen im Wohnzimmer und fand die Manschettenknöpfe, die ich ersetzt hatte. „Solche habe ich schon, was ich brauche, sind goldene Krawattennadeln", brummte er. Natürlich notierte ich mir seinen Wunsch geschwind, bevor er die 100 Euro unter der Vase wegnahm und mit dem Abtransport unseres CD-Spielers sowie des Computers begann. Nach einer halben Stunde war alles vorbei, er warf mit einem Briefbeschwerer die Wohnzimmerscheibe ein, winkte uns zum Abschied zu und ging seines Weges.

Zwei Tage hörten wir gar nichts von ihm und begannen, seine Anwesenheit und Tätigkeit bei uns zu vermissen. „Es wird ihm doch nichts zugestoßen sein", bangte Nini, als wir endlich wieder das Geräusch von splitterndem Glas vernahmen. Ein paar Sekunden später stand uns der gute Mann wieder gegenüber. „Tut mir leid, dass ich in den letzen Tagen keine Zeit hatte, aber ich war sehr beschäftigt", begrüßte er uns. Da wir gerade ein Abendessen zu uns nehmen wollten, luden wir ihn ein, mit uns zu speisen. Dankenswerterweise stand er nicht unter Zeitdruck und nahm die Einladung an. Wir diskutierten über die Situation der UNO, die Finanzlage in Griechenland, Musik, rote Ampeln und Manschettenknöpfe. Am Ende des Abends duzten wir uns. Er hieß Oskar, den Nachnamen und seine Telefonnummer könne er uns leider nicht geben – aus beruflichen Gründen, wie er bedauerte. Ich nutzte die Gelegenheit, ihm voller Stolz die goldenen Krawattennadeln zu übergeben, bevor er gewissenhaft das Besteck einpackte („Habt Ihr vielleicht eine Plastiktüte?") und die Mikrowelle sowie das Küchenradio unter den Arm nahm. Dann trat er die Haustür ein und ging.

Oskar schien sich an uns zu gewöhnen und uns auch zu mögen, wie wäre es sonst zu erklären, dass er schon am nächsten Tag den Weg zu uns suchte, indem er das Kellerfenster aufhebelte. Der Einfachheit halber war er mit einem Auto gekommen, in das er behände mehrere Kerzenständer nebst Fernseher und DVD-Rekorder einlud. Auch unsere Kaffeemaschine und einen Brotbackautomaten verschmähte er nicht, abschließend erfolgte der obligatorische Griff unter die Vase, unter der ich wie immer 100 Euro deponiert hatte.

Dann geschah etwas Unerwartetes – Oskar ließ sich nicht wieder blicken. Eine Woche warteten wir vergeblich. „Wir müssen etwas tun", sagte Nini und forderte mich auf, eine Kleinanzeige mit dem Text „Solventes Paar sucht einen zuverlässigen Einbrecher" in die Zeitung zu setzen. Noch bevor ich die Anzeige abschicken konnte, gab es einen ohrenbetäubenden Rums, und durch den von der Decke fallenden Putz nahmen Nini und ich das Aussehen von Schneemännern an: Oskar war mit einem Lkw direkt ins Wohnzimmer gekracht, was sich als wohlüberlegtes Vorgehen herausstellte. „Hallo zusammen", begrüßte er uns. Wir schüttelten uns die Hände, und unser Freund begann damit, die Schrankwand abzubauen und im Wagen zu verstauen. Da wir ihm keine Umstände machen wollten, riefen wir schnell ein paar Freunde an, auf dass wir alle gemeinsam ihm zur Hand gehen konnten. In rund einer Stunde hatten wir das gesamte Mobiliar des Wohnzimmers im Wagen verstaut, eine weitere Stunde brauchte es, bevor auch unser Schlafzimmer und die übrigen Räume leer waren. Oskar ließ es sich nicht nehmen, noch kurz mit dem Besen die leeren Räume auf Vordermann zu bringen.

Einen Monat erfreuten wir uns am Anblick unserer leeren Zimmer und überlegten, wie wir sie einrichten würden, wenn wir Geld hätten. Dann schickte uns unser Vermieter die Kündigung. Er habe das Haus verkauft, und der neue Besitzer wolle nun selbst darin wohnen. Es handele sich um einen gewissen Oskar, mehr könne er uns leider nicht mitteilen. Wir gründeten unser neues Domizil unter einer Brücke, die einen idyllischen Bach überspannte, der sich völlig ungezwungen durch die Landschaft mäanderte.

Eines Abends kam Oskar und brachte uns unser Küchenradio. „Im Haus müssen die Wände neu gestrichen werden", ließ er beiläufig fallen. Wir machten uns sofort auf den Weg zum Baumarkt, um Farbe zu besorgen. Das waren wir ihm schuldig, nach allem, was er für uns getan hatte.

Der Gutmenschen-Wettbewerb

Eine denkwürdige Veranstaltung fand kürzlich in Bremen statt: Bei einem groß angelegten Wettbewerb sollte dort der Gutmensch des Jahres ermittelt werden. Drei Bewerber hatten es in die letzte Runde geschafft, als alleinige Jurorin installierte sich die ehemalige Bischöfin Margot Käßmann auf dem Podium. Sie galt als kompetente Fachfrau für richtige und falsche Ansichten – außerdem litt Käßmann schon lange unter Aufmerksamkeitsmangel, nachdem sie wegen einer Alkoholfahrt von ihrem Amt zurückgetreten war.

Rund 6000 Menschen passten in die Bremer Stadthalle, und in etwa so viele waren auch gekommen, um sich den Gutmenschen-Wettbewerb nicht entgehen zu lassen. Die drei Kandidaten, Konstantin Wollschnabel-Kokenge, Adelgunde Knispel-Warmbein und Sybille Puvogel-Panrepel hatten sich in einem harten Auswahlverfahren gegen zahllose andere Bewerber durchgesetzt. Unter anderem mussten sie sich einen mehrstündigen Vortrag der ehemaligen Grünen-Vorsitzenden Claudia Roth zum Thema „Der letale Einfluss von Atomkraftwerken und Atomkraftwerkinnen auf wandernde, nichtrauchende Krötinnen und Kröten mit Migrationshintergrund unter besonderer Berücksichtigung der Gender-Politik in den letzten zwei Jahrzehnten" anhören. Aber nun hatten sie es geschafft und saßen der ehemaligen Bischöfin gegenüber auf dem hell erleuchteten Podium.

„Frau Knispel-Warmbein, wie können wir in unserem Land besser mit Kriminalität und Straftätern umgehen?", richtete Käßmann ihre erste Frage an die erste Kandidatin.

Knispel-Warmbein hatte sich vorzüglich vorbereitet, und so fiel ihr die Antwort nicht schwer: „Nun, ich bin zum Beispiel dafür, dass Intensivstraftäter ein Denkmal bekommen sollen. Die Höhe des Denkmals sollte die Anzahl der Straftaten widerspiegeln", formulierte sie. „Das zeigt Menschen mit kriminellem Hintergrund, dass wir ihre Taten ernst nehmen und uns mit ihnen auseinandersetzen", führte Frau Knispel-Warmbein weiter aus, bevor ein wohlwollender Applaus des Publikums ihre Worte belohnte.

Nun wollte auch Puvogel-Panrepel nicht hintanstehen: „Und ich spreche mich dafür aus, dass wir aus diesen Gründen allen Straftätern ein Denkmal setzen, bezahlt werden soll das von den Opferverbänden", tat sie unter Käßmanns begeistertem Nicken kund. „Und wie ist es mit Ihnen, Herr Wollschnabel-Kokenge?", wollte Käßmann nun die Meinung des dritten Kandidaten wissen. Bedauerlicherweise hatte Wollschnabel-Kogenge gerade einen kleinen Aussetzer. „Ich finde, man könnte auch für die Opfer von Straftaten ein Denkmal bauen", stammelte er, was zu abwertenden Blicken seiner Mitbewerber und vereinzelten Buh-Rufen aus dem Publikum führte. Käßmann notierte sich mit hochgezogenen

Augenbrauen und einem Kopfschütteln ein Minuszeichen hinter seinem Namen auf ihrer Liste.

Die ehemalige Bischöfin läutete nun die nächste Runde ein. „Frau Puvogel-Panrepel, was ist Ihr Vorschlag für einen besseren Kampf gegen Rechts?", fragte sie. „Das ist ganz einfach", sprudelte es aus der Kandidatin heraus. „Wir müssen die Zahlen 1 und 8 verbieten, denn sie stehen in der rechtsextremistischen Szene für den ersten und den achten Buchstaben des Alphabetes, also für A und H wie Adolf Hitler", erklärte sie. Knispel-Warmbein gelang es mühelos, dem Vorschlag wertvolle Komponenten hinzuzufügen. „Wir sollten obendrein auch noch die Buchstaben A und H verbieten sowie darüber hinaus alle Buchstaben, die in den Namen von Nazis vorkommen – die dazugehörigen Zahlen natürlich auch. Das hätte auch den Vorteil, dass es deutlich weniger Zahlen gibt und somit der Mathe-Unterricht an den Schulen einfacher wird", triumphierte Knispel-Warmbein. Das Publikum reagierte begeistert. „Zahlen weg, Zahlen weg, Zahlen weg", skandierten erste Sprechchöre.

Käßmanns fragender Blick richtete sich nun auf Wollschnabel-Kokenge. Diesem war es gewahr geworden, dass er jetzt einmal punkten musste. „Ich bin dafür", hob er an, „dass schwarze Schokolade verboten wird. Damit setzen wir ein Zeichen gegen Rassismus." Mit diesem intellektuellen Klimmzug zauberte er Bewunderung bei Käßmann sowie beim Publikum hervor. „Schwarz muss weg, Schwarz muss weg", skandierten die Sprechchöre, und Käßmann zeichnete ein dickes Pluszeichen hinter seinem Namen auf ihrer Liste, bevor sie das nächste Thema ansprach.

„Herr Wollschnabel-Kokenge, wie können wir unsere Schulen gerechter machen?", fragte die ehemalige Bischöfin. Der so Angesprochene hatte das Prinzip nunmehr verstanden und glänzte flugs mit interessanten Ergebnissen, die in seinem sogenannten Gehirn entstanden waren. „Ich finde es diskriminierend, dass Deutschlehrer Deutsch können müssen. Diese Vorgabe sollte verboten werden", sprach er und lieferte damit seiner Kontrahentin Knispel-Warmbein eine Steilvorlage. „Und ich vertrete die Ansicht, dass Deutsch-Unterricht ganz verboten wird, denn er diskriminiert Schülerinnen und Schüler mit Migrationshintergrund", so Knispel-Warmbein. Puvogel-Panrepel war es vorbehalten, das Thema Schule zum Abschluss zu bringen. „Wir sollten Schulen einfach ganz verbieten, weil schwächere Schülerinnen und Schüler sich sonst ausgegrenzt fühlen könnten", forderte sie. Käßmann bedachte die drei Kandidaten mit einem wohlwollenden Blick, bevor sie ihre nächste Frage formulierte.

„Frau Knispel-Warmbein, was würden Sie am liebsten tun, um unsere Welt zu verbessern?", wollte Käßmann wissen. Knispel-Warmbein hatte sich vorzüglich vorbereitet und konnte flugs eine Meinung aufsagen. „Ich spreche mich dafür aus, dass wir bei Berufsmessen Werbestände der Bundeswehr stürmen und verwüsten", ließ sie heraus. Diese progressive Antwort führte zu einem Einwurf von Seiten

Käßmanns. „Aber das ist nicht gerade sehr friedlich", insistierte sie. „Doch", konterte die Kandidatin listig, „denn hierbei handelt es sich um pazifistische und somit gute Gewalt, quasi gewaltlose und gewaltablehnende Gewalt." Käßmann zeigte sich mit dieser Antwort zufrieden und ermunterte nun mit einem Kopfnicken Wollschnabel-Kokenge zu einer Antwort. „Ich bin dafür, dass es in der Fußball-Bundesliga gerechter zugehen muss", parlierte er. „Auch die Verlierer eines Spiels sollten drei Punkte bekommen. Am Ende der Saison sind dann alle Sieger", so Wollschnabel-Kokenge. Nun war es an Puvogel-Panrepel, einen Vorschlag zu präsentieren. „Ich schlage ein Nachtangelverbot vor", sagte sie lakonisch und wurde von einer Welle des Beifalls seitens des begeisterten Publikums umspült.

Käßmann richtete nun ihre letzten Fragen an die Kandidaten. „Herr Wollschnabel-Kokenge, wären Sie bereit, einen Monat lang auf Ihr Auto zu verzichten?". Der so Angesprochene konnte wie aus der Pistole geschossen antworten: „Ich bin untröstlich, aber das geht leider nicht. Mein Wagen verbraucht so viel, dass ich regelmäßig tanken muss. Wie soll ich denn ohne Auto zur Tankstelle kommen?" Die ehemalige Bischöfin nickte verständnisvoll, schließlich hatte sie in ihrer Amtszeit auch einen großen Wagen gefahren – natürlich gegen ihren Willen. „Frau Knispel-Warmbein, würden Sie einen Bürgerkriegsflüchtling bei sich aufnehmen?", wollte sie nun wissen. „Das würde ich sehr gerne", so Knispel-Warmbein, „aber das ist nicht möglich, denn meine

Wohnung ist leider nur 180 Quadratmeter groß. Es würde also für den Flüchtling viel zu eng werden. Außerdem gebe ich einmal im Monat noch Blockflötenunterricht, das würde ihn sicher sehr stören." Die allerletzte Frage ging an Frau Puvogel-Panrepel. „Frau Puvogel-Panrepel, wären Sie bereit, ein Jahr lang auf Flugreisen zu verzichten?". Da musste Puvogel-Panrepel nicht lange nachdenken. „Das ist leider nicht möglich. Ich habe nur 75 Tage Urlaub im Jahr, da muss ich schnell zu meinem Ziel kommen, um die wenige Zeit optimal nutzen zu können", sprach sie.

Käßmann schaute auf die Kommentare, die sie sich hinter den Namen der Kandidaten notiert hatte. Dann war ein langer, langer Seufzer von ihr zu vernehmen, bevor sie ihr salomonisches Urteil verkündete. „Meine lieben Kandidaten, ich bin untröstlich, Ihnen mitteilen zu müssen, dass keiner von Ihnen die Jury, also mich, überzeugen konnte. Deshalb hat die Jury, also ich, beschlossen, mich zum Gutmenschen des Jahres zu wählen." Dann erhob sie sich, reckte die Arme zum Himmel und sprach: „Und sehet, ich war gut, ich bin gut, und ich werde immer gut sein." „Amen" rief das Publikum einstimmig.

Nach dieser eindrucksvollen Veranstaltung kam es hinter den Kulissen noch zu einigen kleinen Zwischenfällen. Unter anderem wurde beobachtet, wie eine der Kandidatinnen die ehemalige Bischöfin furchtbar verprügelte – allerdings ganz friedlich und gewaltfrei.

Dioxin-Eier im Schweinefleisch-Joghurt

In kaum einem anderen Industrieland gibt es so viele Lebensmittelskandale wie in Deutschland. Manch einer wundert sich, dass die Bevölkerung noch nicht ausgestorben ist. Da meine Freundin Nini und ich auch gelegentlich ganz gerne mal etwas essen, nehmen wir regen Anteil an der Thematik.

„In Rindfleischgerichten ist Pferdefleisch gefunden worden", informierte mich die hübscheste Frau diesseits des Universums bei der morgendlichen Zeitungslektüre am Frühstückstisch. „Ein Skandal", setzte sie hinzu. „Bekommt man längere Beine, wenn man es isst, sodass man schneller laufen kann?", fragte ich.

Nini beantwortete meine Frage mit kalter Missachtung. Was Lebensmittelskandale angeht, habe ich in der letzten Zeit eine gewisse Gelassenheit entwickelt. Erst vor zwei Jahren war Rindfleisch in Bio-Eiern entdeckt worden – und umgekehrt. Dann wurden in italienischen Nudelgerichten deutsche Überraschungseier gefunden, in denen sich wiederum als Hühnerfleisch deklariertes Nacktnasen-Wombatfleisch sowie ein kleines Plastikpferd zum Zusammenbauen befanden. Auf der Bauanleitung waren die Worte „Nicht zum Verzehr geeignet" zu lesen. Und dann erinnere ich mich noch gerne an die Bio-Dioxin-Eier, die in Schweinefleisch-Joghurt aufgetaucht waren und sich später vor einem Strafgericht verantworten mussten, weil das Dioxin nicht aus biologischer Produktion stammte. Es wurde zwar freigesprochen, aber die Eier mussten ins Gefängnis.

„Auch in Erdbeereis und Gewürzgurken ist Pferdefleisch gefunden worden", las Nini weiter aus der Zeitung vor und riss mich damit aus meinen Gedanken. „Sind eigentlich schon viele Menschen durch diese Lebensmittel gestorben?", fragte ich. „Nein, nicht ein einziger. Das ist ja der Skandal. Die Menschen weigern sich, daran zu sterben und damit ein Zeichen zu setzen", erklärte mir Nini. Ich hingegen äußerte die Ansicht, dass es mir egal sei, ob in meinem Essen Pferdefleisch ist. „Hauptsache, das Fleisch stammt aus Bodenhaltung", machte ich deutlich.

Nini raschelte vehement und lautstark mit der Zeitung, ein Zeichen, dass sie mit meinen Meinungsäußerungen nicht konform geht. Geschwind machte sie ein neues Fass auf. „Wissenschaftler haben rausgefunden, dass eine Kuh beim Pupsen Methangas ausstößt und somit genauso klimaschädlich ist wie ein Kleinwagen", zitierte sie aus dem Blatt. „Dann können wir ja in Zukunft gleich auf Kühen zur Arbeit kommen. Das hätte den Vorteil, dass wir sofort die Milch für den Kaffee im Büro haben. Und an den Hörnern können wir die Rückspiegel anbringen", gab ich zurück. Allerdings sollte man die Kuh bei Tempo 130 zu mehr Gemächlichkeit auffordern, fand ich. Überdies äußerte ich die Ansicht, dass der Airbag, der sich bei einer Kuh bekanntlich im Bereich der hinteren Beine befindet, ungünstig installiert worden sei. Dafür sei das Tier problemlos mit Bio-Sprit zu betreiben. „Jedoch vermisse ich die Schnittstelle für den MP3-Player, und durch die am Heck nach unten ragende Antenne wird ein rauschfreier Radio-Empfang nicht möglich sein", konstatierte Nini treffsicher. Zudem könne das Tier nur sehr schwer mit Metallic-Farben lackiert werden. „Und denk' erst an den TÜV", warf ich ein. Zwar sei es kein Problem, das Tier auf eine Grube zu stellen, um den Unterbodenschutz zu kontrollieren. „Aber wer schützt den Techniker vor herunterfallenden Abgasen in fester Form?", fragte ich mich. „Kann eine Kuh eigentlich mit einem Katalysator ausgestattet werden und bekommt dann eine grüne Feinstaubplakette?", fragte Nini hingegen sich. Wir einigten uns darauf, dass eine Kuh ungefähr mit einem Fiat vergleichbar ist: Sie sieht genauso aus und bleibt ebenso oft stehen.

Ein neuer Job ganz nebenbei

Eigentlich sollte es ein ganz normaler zweiwöchiger Urlaub im Harz werden: Wandern, entspannen, gut essen und intensiv darüber nachdenken, was wir den Nachbarn als Dank für das Hüten der Wohnung mitbringen. Das tun meine Freundin Nini und ich am liebsten. Doch am Ende kam alles ganz anders, und wir konnten sogar eine neue berufliche Perspektive unser Eigen nennen.

„Hui, ist die groß", quietschte Nini, stapfte in die Ferienwohnung und unterzog selbige einer gründlichen Inspektion. Ich hatte die angenehme Aufgabe, mit unserem Gepäck zu folgen. „Schau mal, zwei Schlafzimmer mit einem herrlichen Ausblick, zwei Badezimmer, Geschirrspülmaschine, Waschmaschine, Trockner und ein riesiges Wohnzimmer – alles, was das Herz begehrt", sprudelte es aus ihr heraus. Da wir im Allgemeinen nur in einem Schlafzimmer nächtigen können, entschlossen wir uns, für das andere baldmöglichst einen Untermieter zu suchen. Nach einer ausführlichen Zeitungslektüre stand am nächsten Tag ein Ausflug auf dem Programm. Als wir des Abends wieder unsere Wohnung aufsuchten, bot sich uns ein ungewohntes Bild: Ordnung. Die Zeitungen waren zusammen- und penibel übereinandergelegt worden, die Betten gemacht und die zahlreichen Bücher, die Nini in der Wohnung verstreut hatte, fanden sich in einem Bücherregal wieder. Kein Zweifel, hier war etwas am Werk, das gebildete Leute „Roomservice" nennen. Wir empfanden das als unangenehm, bekamen wir doch das Gefühl, dass wir unordentliche Leute seien. Doch das sind wir nicht, wir bevorzugen nur eine andere Ordnung, die sich vielleicht nicht jedermann sofort erschließt. Wir beschlossen kurzerhand, in Zukunft selbst aufzuräumen und dem Roomservice damit seine Arbeit zu nehmen. Wir mögen es nicht, wenn man in unseren Sachen herumschnüffelt.

Am folgenden Tag sollten die Füße erneut Arbeit bekommen und uns zu einem herrlichen Restaurant in zehn Kilometern Entfernung tragen. Nach der Hälfte der Strecke wurde Nini plötzlich blass. „Hast Du die Zeitungen zusammengelegt?", fragte sie mich. Mir wurde flau im Magen. „Nein", musste ich zugeben. „Ich dachte, Du hättest es getan." Völlig niedergeschlagen nahmen wir auf einer Bank Platz, die sich am Wegesrand postiert hatte. „Es hilft nichts, einer muss zurück", so Nini. „Und zwar noch bevor der Aufräum-Terminator in die Wohnung kommt." Nini ist die sportlichste Frau, die ich je kennengelernt habe. Sie lässt keinen Marathon aus, läuft ohne Probleme 30 Kilometer am Stück und hat ein Fitness-Studio zu ihrem zweiten Zuhause erkoren. „Am besten, Du läufst nach Hause und regelst die Sache", schlug sie vor. Eine gewisse Schwäche habe sich plötzlich und unerwartet ihrer bemächtigt. Ich ließ ungern die hübscheste Frau diesseits des Universums alleine im Wald sitzen, aber die Vorstellung, dass eine fremde Person unsere Zeitungen sortiert, fand ich weitaus schlimmer. Also trabte ich los.

Meine Lunge signalisierte bereits das Ende ihrer Kapazität, als ich mich unserer Wohnungstür näherte. Auf der Treppe überholte ich geschickt einen vierschrötigen Mann, der ein T-Shirt trug, auf dessen Rückseite das Wort „Roomservice" zu entdecken war. Vorsichtshalber trat ich ihm behände die Beine weg, um einen weiteren Vorsprung zu erlangen. In der Wohnung angekommen, widmete ich meine vollste Aufmerksamkeit dem Zusammenlegen der Zeitungen. Um sie korrekt auszurichten, bemühte ich sogar die Dienste eines Geodreiecks.

Die Sonne, die am nächsten Tag den Weg zum Zenit antrat, versprach einen herrlichen Tag, den Nini und ich nutzen wollten, um in der Natur die Lungen mit herrlicher Luft voll zu pumpen. Nach einem ausgiebigen Spaziergang erreichten wir einen idyllisch gelegenen See. Plötzlich wurde mir schwarz vor Augen. „Hast Du die Betten gemacht?", fragte ich. Meine Frage traf Nini wie ein Geschoss, und ich sah, wie sie ins Taumeln geriet. Fahrig griffen ihre Hände nach den Ästen eines Strauches, ein hilfloses Gurgeln verließ ihren Mund. Diese eindeutige Reaktion war mehr als eine Antwort, sie war ein stummer Hilfeschrei. Ohne zu zögern, rannte ich los. Als ich mich noch einmal umdrehte, sah ich, wie Nini auf allen Vieren zum See kroch, um mit dem kühlen Nass die schweißnasse Stirn zu benetzen.

Der Beginn unseres dritten Urlaubstages war von einigen Unstimmigkeiten geprägt. „Ich finde, wir sollten heute hier bleiben, aufräumen, die Betten machen, das Badezimmer saubermachen, staubsaugen, das Geschirr in den Geschirrspüler packen und die Bücher und Zeitungen sortieren. Spazieren gehen können wir auch zu Hause", argumentierte Nini. Ich verstand sie nur zu gut, auch in mir brach sich die Angst vor dem Roomservice-Terminator und seiner Tätigkeit Bahn, aber sollte sie triumphieren und uns den Urlaub verderben? Nein, niemals!

Nach einer dreistündigen, teils hitzig geführten Diskussion, hatte ich Nini soweit, dass sie sich zumindest zaghaft vor die Tür traute. Mit zögernden und tastenden Schritten wagten wir beide uns mehrere Meter vor, bald hatten wir zwischen uns und unserer Wohnung eine Distanz von rund einem halben Kilometer geschaffen. Immer wieder blickten wir hektisch zurück, doch langsam nahm eine gewisse Entspannung von uns Besitz. „Die Krümel!", schrie Nini plötzlich. „Die Krümel!!", wiederholte sie. Ihr ganzer Körper versteifte sich, die Augen hatten das Mehrfache ihrer ursprünglichen Größe angenommen, wie angewurzelt stand sie da. „Die Krümel auf dem Küchentisch", keuchte sie, bevor sie in eine eindrucksvolle Schnappatmung verfiel. Ich rannte sofort nach Hause.

Unser vierter Urlaubstag brachte eine Wende in unsere Freizeitgestaltung. Schon morgens um 8 Uhr war ich bei einem 50 Kilometer entfernten Baumarkt vorstellig geworden, um ein paar nützliche Gegenstände käuflich zu erwerben: Handfeger und Schaufel, Besen, Gummihandschuhe, Wischtücher, Eimer,

Feudel, Putzlappen, einen Dampfstrahler, Putzwagen, einen 200-Liter-Vorteilseimer Bodenreiniger, Fensterreiniger, Scheuermilch, Teppichshampoo, Schmierseife und WC-Reiniger. Da ich Sonderangeboten nur schwer widerstehen kann, fanden sich auch noch zwei Staubsauger nebst 300 Ersatzbeuteln in meinem Wagen wieder. Auf der Fahrt nach Hause kam ich in eine Polizeikontrolle. Die Beamten konstatierten eine nicht unerhebliche Überladung meines Wagens und überließen mir einen Strafzettel.

Nach nicht mal zwei Stunden hatten Nini und ich den Wagen vollständig entladen und alle Utensilien in die Wohnung, die nun deutlich weniger Bewegungsspielraum bot, gebracht. Der Tag war von zahlreichen Aktivitäten geprägt, an deren Ende eine Wohnung vorzufinden war, die als die Mutter der Sauberkeit gelten konnte. Obendrein war ich der Idee verfallen, sämtliche Bücher, Zeitungen, Illustrierte und das Geschirr sowie alle Stühle und sonstigen Gegenstände mittels des Geodreiecks, eines Sextanten und einer Wasserwaage eindeutig auszurichten und in einen Plan einzutragen. Kurzzeitig dachten wir darüber nach, die Wohnung zusätzlich von Grund auf zu renovieren. Als wir uns des Abends im Wohnzimmer trafen und uns auf den Fußboden setzten (wir wagten nicht, das Sofa zu benutzen - aus Angst, die Kissen könnten verrutschen), sprach Nini zu mir: „Schatz, es muss sich was ändern."

„Ja", antwortete ich, „wir könnten die Sofakissen wegnehmen, dann könnten wir dort auch sitzen."

„Sei nicht albern", mahnte Nini mich. „Ich meine es ernst."

Am nächsten Tag machten wir uns auf die Suche nach einer Zweit-Ferienwohnung. Nur ein paar Straßen weiter wurden wir fündig. So schien es jedenfalls zunächst. „Die Wohnung bietet einen herrlichen Ausblick, und wir haben einen Roomservice", pries die Vermieterin das Objekt an. Blitzschnell gelang es mir, hinter Nini zu springen, um sie wegen eines Ohnmachtsanfalls aufzufangen. Nach zwei Stunden wurde unsere Suche belohnt. „Ich kann Ihnen eine Wohnung geben, aber leider haben wir keinen Roomservice", sprach der Vermieter. Tränen der Freude traten aus Ninis Augen, ich sank auf die Knie, umarmte die Füße unseres Retters und murmelte ein Dankgebet.

Im neuen Domizil angekommen, gab die hübscheste Frau diesseits des Universums ihrer Freude Ausdruck: „Hier können wir einfach wohnen, schlafen, den Küchentisch vollkrümeln und uns wohlfühlen."

Doch Treue ist für uns kein unbekanntes Wort, und so kam es, dass wir unserer anderen Wohnung täglich einen Besuch abstatteten. Auf Socken und Zehenspitzen gingen wir durch die Räume und konnten uns gar nicht sattsehen an so viel Perfektion und Sauberkeit. Etwas später nahmen wir Eintritt und führten Touristen durch die Wohnung. Kommentare wie „Oh schau', die perfekt ausgerichteten Zeitungen" oder „Man beachte die Sofakissen" pflanzten eine unbeschreibliche Freude in unsere Herzen.

Nur ein paar Tage später konnten wir Stefan Saubermann, den Inhaber des Roomservice, in unseren Räumen begrüßen. Mit gemäßigtem Schritt und kritischem Blick inspizierte er die Wohnung, strich hier und da mit dem Finger über ein Regal, um die dortige Staubkonzentration zu prüfen, und maß mit einem GPS-Gerät die Ausrichtung der Stühle, Teppiche und im Bad aufgestellten Klopapierrollen aus, während Nini und ich vor Aufregung zitterten und um Jahre alterten. Wir stützten uns gegenseitig, doch dann hörten wir von Saubermann Worte, die schöner nicht hätten sein können: „Ihre Tätigkeit hat mich voll und ganz überzeugt. Wenn Sie wollen, können Sie morgen in meinem Team anfangen."

Wir wussten es immer: Leistung lohnt sich!

Stierkämpfe in der Tempo-30-Zone

Ein Migranten-Lobbyverband in Baden-Württemberg forderte im Januar des Jahres 2014 mehr Sensibilität im Umgang mit Migranten in der Justiz. Der kulturelle Hintergrund eines Angeklagten solle teilweise zu mildernden Umständen führen, so der Verband – insbesondere dann, wenn eine Straftat in Deutschland härter bestraft werde als im Herkunftsland des Migranten. In einer kleinen deutschen Großstadt beherzigt die Justiz diesen Wunsch bereits, wie eine Gerichtsverhandlung unter dem Vorsitz der Richterin Gisela von Niesewand zeigt.

Richterin Gisela von Niesewand hatte schon lange ihr Einfühlungsvermögen in fremde Kulturen beeindruckend unter Beweis gestellt. In der Vergangenheit verurteilte sie eine deutsche Besucherin eines Schwimmbades dazu, bei einem Tauchkursus auch unter Wasser ein Kopftuch zu tragen. Begründung: Zufällig im Wasser planschende muslimische Männer könnten sich sonst zu ihrer Vergewaltigung ermutigt fühlen. Durch dieses Urteil hatte sie sich für die kultursensible Justiz geradezu überqualifiziert. Nun standen andere Prozesse an, die von Niesewand fröhlich abarbeitete.

Vor den Schranken des Gerichts musste sich der Spanier Carlos Gonzales einfinden. Seine Nachbarn hatten sich geringfügig gestört gefühlt, weil er auf dem Wendeplatz der Straße, an der er wohnte, an den Wochenenden Stierkämpfe organisiert hatte.

„Herr Gonzales, wussten Sie, dass Stierkämpfe in Deutschland verboten sind?", wollte von Niesewand wissen. „Nicht direkt, ich dachte, dass sie an Wochenenden erlaubt sind", ließ sich der Delinquent vernehmen. Im Folgenden ergriff der Verteidiger Konstantin Pfotenhauer das Wort und ließ es auch zunächst nicht mehr los. „Hohes Gericht, ich weise darauf hin, dass der Angeklagte streng darauf geachtet hat, dass der Stier bei den Kämpfen nicht schneller als 30 Stundenkilometer gelaufen ist, denn die Arena wurde ja in einer Tempo-30-Zone betrieben. Zur Beleuchtung des Geschehens hat Herr Gonzales ausschließlich Energiesparlampen zum Einsatz gebracht. Die Holzwände, die zum Schutz der Matadore errichtet wurden, waren nicht aus Tropenholz, sondern von Ikea. Zusätzlich bitte ich strafmildernd zu bedenken, dass der Torero Vegetarier ist und es sogar in Erwägung zieht, ins Lager der veganischen Veganer zu wechseln", schloss Pfotenhauer sein Plädoyer. „Und außerdem waren die roten Tücher aus fair gehandeltem Stoff", ließ er noch schnell wissen.

Von Niesewand zeigte sich tief beeindruckt, zauberte ein wohlwollendes Lächeln auf ihre Lippen und zog sich zur Beratung mit sich selbst zurück. Nach eingehender Betrachtung der komplizierten Sachlage trat sie nach nicht einmal drei Stunden wieder in den Gerichtssaal, um ein Urteil aus sich herauszureden zu lassen. „Im Namen von mir ergeht folgendes Urteil: Der Angeklagte kann seine Tradition des Stierkampfes weiter fortführen. Jedoch gilt es in

Deutschland als unzeitgemäß, Stiere bei diesen Spielen einzusetzen. Deshalb muss der Angeklagte in Zukunft Hartz-IV-Empfänger oder FDP-Wähler anstelle der Tiere zum Einsatz bringen."

In einem anderen Fall am nächsten Tag ging es abermals um einen Nachbarschaftsstreit. Ein Araber hatte seine vier 13-jährigen Ehefrauen gegen eine Kamelzucht eingetauscht. Den sympathischen Höckerträgern wollte er auf seinem Balkon ein Domizil einrichten. Den Protest der Nachbarn konterte von Niesewand mit außerordentlicher Geschicklichkeit: Sie verurteilte sie dazu, ihre Ehefrauen ebenfalls gegen Kamele oder Ziegen einzutauschen und dann mit den Tieren einen regen Tauschhandel zu treiben.

Am Nachmittag des gleichen Tages musste sich der Eskimo Nanuk Nordpol vor Richterin von Niesewand verantworten. Gemäß seinen heimatlichen Gepflogenheiten hatte er versucht, eine Robbe zu schießen – und zwar im Zoo. „Herr Nordpol, das Schießen von Robben ist in Deutschland verboten, wussten Sie das?", wollte von Niesewand wissen. „Ja, aber ich dachte, dass es in Zoos erlaubt sei, zumindest zwischen 13 und 15 Uhr, also in der Mittagszeit", ließ sich Nordpol vernehmen. Schließlich habe er Hunger gehabt.

„Aber Sie hätten doch auch auf ein Känguru oder ein Lama schießen können", insistierte die Richterin. „Oder wenigstens auf ein Kind." Das wäre sicherlich möglich gewesen, antwortete Nordpol, aber zum fraglichen Zeitraum hätten sich weder Kängurus noch Lamas oder Kinder im Robbengehege aufgehalten. „Außerdem spucken Lamas", merkte er an. Dadurch hätte die Munition feucht werden können. Zudem sei es in seinem Herkunftsland unüblich, auf derartige Tiere oder nicht volljährige Menschen zu schießen.

Nach eingehendem Nachdenken gelang von Niesewand auch in diesem Fall ein Urteil, das ohne Zweifel als die Mutter aller salomonischen Urteile gelten kann: Sie bestimmte, dass der Zoo täglich ein Gewehr mit Schalldämpfer („Damit die anderen Besucher sich nicht erschrecken") für Nordpol bereithalten müsse. Damit könne er täglich eine Robbe schießen, zu Weihnachten auch mehrere. Überdies wurde die Zoo-Leitung dazu verdonnert, Verpackungsmaterial und einen Kombi-Pkw für den Abtransport der toten Tiere bereit zu halten.

Auch am nächsten Tag konnte von Niesewand abermals ihre interkulturelle Sensibilität unter Beweis stellen. Abdul Abdalla hatte den Gerichtssaal betreten, weil er seiner Frau eine zünftige Steinigung angedeihen ließ – auf einem Spielplatz. „Herr Abdalla, Steinigungen werden bei uns in Deutschland nicht so gerne gesehen. Warum mussten Sie das Ganze denn auch noch auf einem Spielplatz stattfinden lassen?", wollte von Niesewand wissen. „Nun, vor Kindergarten führt Straße lang. Ich nicht wollen, dass meine Frau von Auto angefahren wird", rechtfertigte sich der Angeklagte. Überdies habe er die Kinder auf dem Spielplatz an den Gepflogenheiten seiner Kultur teilhaben lassen wollen. „Ist gut für Integration", war sich Abdalla sicher.

Der Kraft dieses Argumentes konnte sich von Niesewand nicht entziehen. Sie sprach den Mann frei und verurteilte die Gemeinden dazu, regelmäßig dafür zu sorgen, dass auf den örtlichen Spielplätzen Steinigungen angeboten werden. „Aus humanitären Gründen sollten jedoch keine Steine dabei verwendet werden, sondern Flaschen. Pfandflaschen natürlich", entschied sie.

Nur kurze Zeit später hatte sich von Niesewand mit einem buchstäblich delikaten Problem zu beschäftigen. Vor den Schranken des Gerichts war Bingu Bungo erschienen, der gebürtig von der schönen Südseeinsel Hongaponga kam. Dort frönt man des Öfteren dem Kannibalismus – eine Eigenart, die Bungo auch in Deutschland pflegte – sehr zum Ärgernis der Angehörigen des Verspeisten, die Bungo unverschämterweise angezeigt hatten. Auch die Richterin zeigte sich nur wenig begeistert von den Essgewohnheiten des Angeklagten. „Herr Bungo, ich bin entsetzt. Haben Sie denn den kompletten Menschen gegessen?"

„Nein", beruhigte sie Bungo, „nur den rechten Arm. Das ist ja somit auch ein Kampf gegen Rechts. Aus den Beinen habe ich einen Brotaufstrich gemacht und ihn eingetuppert." Nun war von Niesewands Neugier geweckt, schließlich nahm sie für sich in Anspruch, nicht nur eine Feinschmeckerin, sondern auch eine außergewöhnlich gute Köchin zu sein, die ständig auf der Suche nach neuen Rezepten ist. „Schmeckt denn so ein Arm auch mit Senf?"

„Von Senf würde ich abraten", so Bungo. „Am besten dünstet man ihn, bevor man etwas Safran, Kräuterbutter und Preiselbeermarmelade sowie Honig von freifliegenden Bienen hinzugibt", erklärte er. „Kann man den Arm nicht auch mit Käse überbacken und ihn in einer Eihülle mit Sauce Hollandaise servieren?", bohrte die kultursensible Richterin nach. Das sei durchaus möglich und auch sehr schmackhaft, erwiderte Bungo. Als Nachtisch würden sich dann gehackte Fußpilze mit Himbeersoße anbieten. Von Niesewand machte sich fleißig Notizen, um eventuelle abendliche Gäste zukünftig mit neuen kulinarischen Kreationen überraschen zu können. Dann vertagte sie den Prozess mehrmals, damit sie mit dem Angeklagten weitere Rezeptvorschläge einer Erörterung unterziehen konnte. Am Ende sprach sie Bungo frei und verurteilte alle deutschen Restaurants dazu, auch für Kannibalen ein Speisenangebot vorrätig zu halten. „Der Mensch eignet sich sehr gut zum Verzehr, denn er wird ohne Zusatz- und Konservierungsstoffe hergestellt", lautete ein Argument ihrer Urteilsbegründung.

Zum Ende der Woche wartete ein weiterer Fall eines kulturellen Missverständnisses auf die Richterin. Geklagt hatte eine Hausgemeinschaft, weil einige Inder sich erdreistet hatten, in der gemeinschaftlich genutzten Tiefgarage eine zünftige Witwenverbrennung durchzuführen. Von Niesewand schmetterte die Klage rundheraus ab. „Ich war selbst mal bei einer Witwenverbrennung dabei", sagte sie. „Es war herrlich. Wir haben über dem Feuer Rindfleisch zubereitet und indischen Tee getrunken. Die Kinder konnten Stockbrot grillen", freute sich die Juristin. Einem Inder, der einen deutschen Landwirt verklagt hatte, weil selbiger die Heiligkeit der Kühe nicht anerkennen wollte, gab die Richterin recht. Sie verurteilte den Landwirt dazu, die Tiere frei zu lassen und in Indien ein Praktikum als Kuhhirte zu absolvieren.

Zum Bedauern vieler Menschen verließ von Niesewand jedoch das Gericht. Der iranische Präsident hatte ihr eine Stelle im Justizwesen seines Landes angeboten. Dem Charme dieses Angebots konnte sich die Richterin nicht entziehen. „Wann bietet sich schon mal die Gelegenheit, deutsche Pfandflaschen in der iranischen Rechtsprechung einzusetzen?", sagte sie sich.

„In Zukunft verhaften wir die Opfer"

Auf dem Weg in Richtung einer konsequenten Verbrechensbekämpfung ist man in einer kleinen deutschen Großstadt einen triumphalen Schritt nach vorne gegangen. Als treibende Kraft erwies sich einmal mehr der geniale Innensenator Dr. Tiberius Mauerbrecher, der schon in der Vergangenheit mit spektakulären Einfällen auf sich aufmerksam machte. So hatte er dafür gesorgt, dass die Polizei aus Klimaschutzgründen auf ihre Streifenwagen verzichten musste und flüchtende Straftäter nur noch mit Bus und Straßenbahn verfolgen durfte. Die Beamten waren angehalten, nebenbei die Fahrkarten zu kontrollieren, was zu einer wahren Flut von Anzeigen wegen Schwarzfahrens führte. Doch nun sollte Dr. Mauerbrecher ein neues Kapitel in der Geschichte der Verbrechensbekämpfung aufschlagen.

„Guten Morgen", rief Dr. Tiberius Mauerbrecher, als er schwungvoll den Besprechungsraum seiner Behörde betrat. Auf ihren Stühlen sitzend, warteten bereits die beiden Staatsräte Heribert Kühn und Fridolin Holzapfel. „Guten Morgen, Herr Senator", schallte es Dr. Mauerbrecher einstimmig entgegen. Der Senator setzte sich an einen Tisch, legte seine Aktentasche auf selbigen und fummelte möglichst umständlich mehrere Papiere zutage. „Nun, meine Herren, Sie wollten mich sprechen", eröffnete Dr. Mauerbrecher die Unterredung. „Worum geht es?" Kühn machte seinem Namen alle Ehre und ergriff das Wort. „Herr Senator, seit gestern Abend liegt uns die neue Kriminalitätsstatistik vor. Schwarzfahrer in Bus und Bahn kommen in ihr nicht mehr vor, aber dafür haben die Einbrüche um über 50 Prozent zugenommen", berichtete er. „So, über 50 Prozent", grunzte Dr. Mauerbrecher und kratzte sich an dem, was er für seinen Kopf hielt. Als Sozialdemokrat sprach er sich selbstredend für eine gerechte Verteilung des Eigentums aus, und in der Regel suchen Einbrecher ja auch nur Haushalte auf, wo es genügend Eigentum gibt, dachte er bei sich. Somit wäre es ja eigentlich kein Diebstahl, sondern nur eine Neuverteilung, die die Bürger selber organisieren. „Was sollen wir tun?", riss Kühn den Senator aus seinen Gedanken. „Nun, wir werden machtvoll und sozial sensibel vorgehen", trompetete Dr. Mauerbrecher. „Haben wir nähere Informationen über die Täter?", wollte er von Holzapfel wissen. „Nicht direkt", antwortete dieser, „wir wissen nur, dass sie ihren Beruf enorm ernst nehmen und sehr gewissenhaft einbrechen, wobei sie sich ihnen nicht gehörende werthaltige Gegenstände und Zahlungsmittel in Form von Geld aneignen und selbige unerlaubterweise aus der von ihnen aufgesuchten Wohneinheit entfernen", so Holzapfel, der immerhin mal ein Soziologiestudium begonnen hatte.

Der Senator zeigte sich tief beeindruckt von einer derart präzisen Analyse und setzte nun seinerseits zu einer genaueren Betrachtung an: „Gut, das heißt, es handelt sich um hochmotivierte selbstständig Tätige, die hart arbeiten, um ihren Lebensunterhalt zu sichern", sinnierte er. „Es kann nicht angehen, dass wir einer derartig engagierten Gruppe Steine in den Weg legen oder sie, was noch schlimmer wäre, diskriminieren", führte er weiter aus. „Gleichwohl", dozierte er, „ist das Handeln dieser Menschen natürlich nicht unbedingt mit rechtsstaatlichen Prinzipien in Einklang zu bringen. Ich erwarte also Lösungsvorschläge", schloss er.

Kühn und Holzapfel schauten sich ratlos an. Das Wort „Lösungsvorschläge" hörten sie zum ersten Mal, doch in ihnen reifte eine blasse Ahnung, was mit dem Begriff gemeint sein könnte. „Nun", formulierte Kühn vorsichtig, „wir müssen der Bevölkerung klar machen, dass an den Einbrüchen nicht die Einbrecher schuld sind", wagte er einen schüchternen Vorstoß, der flugs von seinem Kollegen Holzapfel aufgenommen wurde. „Genau, es muss deutlich werden, dass diese Menschen keine Schuld trifft. Wenn Menschen eine Tat ausführen, die zwar eine Tat ist, aber eigentlich keine sein sollte und in der Durchführung Spezifikationen verlangt, deren Aneignung durch Simplifizierung nicht zu realisieren ist, dann sind die strukturellen Strukturen strukturell falsifizierbar und müssen nach einer Evaluierung reponsuliert werden", ließ sich Holzapfel, der übrigens immerhin mal ein Soziologie-Studium angefangen hatte, vernehmen.

Der Kopf des Senators verfiel in ein langsames Nicken, wobei er sich nicht sicher war, ob er die Feinheiten der Argumentation hinreichend verstanden hatte. Bevor Dr. Mauerbrecher in die Politik gegangen war, hatte er zwar 16 Semester lang embryonale Reflexzonenmassage mit dem Schwerpunkt Babymassage studiert, wechselte dann aber wegen zu starker intellektueller Überforderung zum Studiengang Bootsverleih mit dem Schwerpunkt Ruderbootsverleih. Nach 32 Semestern konnte er sein Studium mit einer Doktorarbeit über das Thema „Die Rolle des Ruderboots in der Arbeiterbewegung unter besonderer Berücksichtigung der Arbeitsbedingungen bei der Herstellung von Ruderbooten in den südwestlichen Provinzen im nordöstlichen China" abschließen. Sodann trat er der SPD bei, wo seine erworbenen Kenntnisse schnell als wahrer Karrieremotor fungierten.

„Mhhh", brummte er und rieb sich mit der Hand das Kinn. „Interessant." Er hatte zwar jetzt gemerkt, dass Holzapfels Ausführungen bei seinen Hirnzellen keinen Ansprechpartner gefunden hatten, trotzdem fühlte er eine Idee in seinem Haupt heranreifen – ein Vorgang, der sich in letzter Zeit des Öfteren wiederholt hatte und oft zu überraschenden Ergebnissen führte. Gebannt ruhten die Augen der beiden Staatssekretäre auf dem Senator, der nun einen tiefen Blick in seine umfangreiche Gedankenwelt gestattete. „Nun, meine Herren, wenn ich genauer darüber nachdenke, dann kommt mir eigentlich nur eine Gruppe in den Sinn, die Schuld hat: die Haus- und Wohnungsbesitzer", tat er kund.

Kühn zeigte sich leicht irritiert, aber Holzapfel erkannte die Genialität der senatorischen Äußerungen sofort und begann vor Ehrfurcht, langsam vom

Stuhl auf die Knie zu rutschen. „Herr Senator", entfuhr es ihm, „Herr Senator, ich kann es kaum glauben", freute sich Holzapfel. Dr. Mauerbrecher begann nun, seiner These eine argumentative Untermauerung angedeihen zu lassen, die mit einer bestechenden Logik eine schier unglaubliche Überzeugungskraft entfaltete. „Es ist doch so", hob er an, „dass die Haus- und Wohnungsbesitzer offensichtlich nicht in der Lage sind, ihre Wohnungen und Häuser anständig gegen Einbrüche zu sichern. Diese Herrschaften verzichten einfach darauf, einbruchsichere Fenster, Türen und Schlösser zu installieren. Dann müssen sie sich auch nicht wundern, wenn Einbrecher das als willkommene Einladung zur weiteren Entfaltung ihrer Talente nutzen", schloss Dr. Mauerbrecher seine Ausführung.

Während der senatorischen Äußerungen war Holzapfel auf die Knie gesunken und begann, die Füße des Senators mit den Armen zu umschlingen. Erste Freudentränen schimmerten in seine Augen. „Herr Senator, nie hatte ich zu hoffen gewagt, dass unsere Herzen im gleichen Takt schlagen", schluchzte er. „Aus soziologischer Sicht ist ihre Analyse ein Postulat der Re-Simplifizierung des postmodernistischen Reziprokstrukturalismus", war seine nunmehr tränenerstickte Stimme zu hören. Als Mann, der immerhin mal ein Soziologiestudium begonnen hatte, war es ihm schon lange gewahr, dass Menschen, die von Normalsterblichen als Straftäter bezeichnet werden, in Wirklichkeit gar keine Straftäter sein können, weil diese Theorie viel zu unkomplex ist.

Tief in seinem Herzen wusste Holzapfel, dass ein Einbrecher nur wirkt wie ein Einbrecher, aus soziologischer Sicht aber ein Mensch mit einem nichtgewöhnlichen, hochkomplexen identitätsstiftenden Rollenverhalten ist, der an den Peripheriestrukturen der Gesellschaft verankert ist, aber mit seinem Aktionismus im finalen Sinne seine strukturelle Hilflosigkeit gegenüber den Anforderungen der Mehrheitsgesellschaft zeigt.

Dr. Mauerbrecher fühlte sich geschmeichelt und ließ seine Hand herunter, um den Kopf seines Staatssekretärs, der auf seinen Füßen ruhte, väterlich zu tätscheln, bevor er zum finalen Gedankengang kam. „Da die Haus- und Wohnungsbesitzer also schuld sind an den Einbrüchen, werden sie nach einem Einbruch verhaftet und vor Gericht gestellt", trompetete er und war tief beeindruckt von der Klarheit seines logischen Schlusses, der auch bei Kühn eine Hirntätigkeit auslöste, den dieser nun seinerseits dem Senator nicht vorenthalten wollte.

„Herr Senator, dieses Prinzip wird die Kriminalitätsbekämpfung revolutionieren", so Kühn. „Zukünftig werden wir nach Schlägereien nicht mehr die Schläger, sondern die Opfer verhaften und vor Gericht stellen, denn wenn die Opfer nicht am Tatort gewesen wären, hätten die Täter ihre Tat ja gar nicht an ihnen ausführen können", erklärte er weiter, während der Senator mit heftigem Kopfnicken seine Zustimmung signalisierte und dem Gedanken den letzten, aber entscheidenden Schliff gab. „Und wenn jemand ermordet wird, werden wir den Ermordeten verhaften und der Justiz zuführen. Dank dieses Prinzips sparen wir auch noch jede Menge Kosten, denn in Zukunft brauchen wir nur noch eine Handvoll Polizisten in unserer Stadt", sagte der Politiker, während Holzapfels Tränen seine Füße umspülten. Der Senator beauftragte Kühn, einen entsprechenden Gesetzesentwurf zu formulieren und selbigen in die Tat umzusetzen.

Nach einigen Wochen kam Dr. Mauerbrecher nach einem abendlichen Konzertbesuch nach Hause und fand seine Wohnung unordentlich und durchwühlt vor. Keine Frage, Einbrecher hatten bei ihm nach dem Rechten geschaut und freundlicherweise zahlreiche Wertgegenstände mitgenommen. Der Senator wurde kurzerhand verhaftet.

Wir wohnen jetzt in der Garage

*Unser Auto, welches den schönen Namen „Schnaufi"
trägt, kann auf das stolze Alter von über 20 Jahren zu-
rückblicken. Also schien der Zeitpunkt gekommen, einem
neuen Wagen ein Zuhause in unserer Garage zu bieten.
Besonders meine Freundin Nini konstatierte, dass man ja
nicht immer in einem rollenden Museum durch die Gegend fahren müsse. So führte uns der Weg zum Auto-
händler, von dem wir völlig überraschend mit zwei Autos
zurückkamen.*

„Mit diesem Wagen können Sie nichts falsch machen", sagte der kompetente Verkäufer und zeigte
auf das neueste Produkt eines internationalen Auto-
herstellers. Nini und ich traten ehrfurchtsvoll näher
heran, um das Wunderwerk in Augenschein nehmen zu können. „Der Wagen hat beheizbare Reifen,
einen von innen und außen kühlbaren Innenspiegel,
ein Aquarium in der Scheibenwaschanlage, ver-
chromte Zündfunken, ein multifunktionales One-
Touch-Lenkrad mit ausklappbarem Grill und Inter-
net-Anschluss und sogar einen Motor", hob er die
weiteren Vorteile des Automobils hervor. Letzterer
nenne über 160 Pferdestärken sein Eigen, die alle
einzeln nachgezählt worden seien und über ein entsprechendes Zertifikat mit Unterschrift des Vor-
standsvorsitzenden der Herstellerfirma verfügen.
Nini und ich waren tief beeindruckt.

„Kann das Auto auch fahren?", gestattete ich mir zu fragen. Ja, auch das sei möglich, versicherte der Verkäufer. „Setzen Sie sich doch mal rein."

Drinnen angekommen, drückte Nini auf einen der zahlreich vorhandenen Knöpfe, woraufhin sich die Rücksitzbank in eine Duschkabine verwandelte. Ein weiterer Knopfdruck sorgte dafür, dass die Kabine wieder verschwand und einer Waschmaschine mitsamt LED-Innenbeleuchtung und einer elektrisch verstellbaren Trommel mit Faxgerät und Fernseher Platz machte.

Als wir nach einer Probefahrt mit unserem neuen Liebling, den wir bereits auf den Namen „Der Hexer" getauft hatten, wieder auf den Hof des Händlers ankamen, war klar, dass dies der Wagen sein sollte, dem wir zukünftig unser Vertrauen schenken wollten. Beim Aussteigen fiel unser Blick auf Schnaufi, der am Rand des Hofes treu auf uns gewartet hatte, der uns 20 Jahre lang überall hingefahren hatte, der uns nie im Stich gelassen hatte, der nur geringe Wartungskosten hatte, der beim TÜV immer wieder eine kaum erwähnbare Mängelliste zum Vorschein gebracht hatte, der weder ein One-Touch-Lenkrad und auch keine verstellbare Duschkabine mit Waschmaschinenfunktion hatte – und dem jetzt die Verschrottung bevorstand. In Ninis Augen bildeten sich Tränen, die keinen Raum für Interpretationen ließen. „Wir können Schnaufi nicht hierlassen", schluchzte sie. Auch in mir brach sich das Mitleid Bahn, nach einem Blick auf Schnaufi hatte ich meinen Entschluss gefasst. „Wir nehmen ihn wieder mit – zusammen mit dem Hexer", entschied ich.

Zu Hause angekommen, fuhr ich mit unserer Neuerwerbung beherzt in die Garage, bevor ich hinter mir ein lautes Hupen vernahm. Nini, die es übernommen hatte, Schnaufi nach Hause zu bringen, bestand darauf, dass er und nur er in der Garage untergebracht werden sollte. In seinem Alter könne man ihn nicht draußen rumstehen lassen, argumentierte sie.

Am Abend verließ Nini nach dem Essen das Zimmer, erst gegen Mitternacht wurde ich ihrer im Bett wieder ansichtig. Dieser Vorgang wiederholte sich allabendlich. Nach etwa drei Monaten wurde ich stutzig und schlich ihr nach. Ich fand sie in der Garage, wo sie sich damit beschäftigt hatte, für Schnaufi eine angenehme Umgebung zu bereiten: An den Wänden hingen Fotos aus Schnaufis Kindheit sowie Werbeplakate für Öl und Benzin, um seine Räder hatte sie kleine Spielzeugautos drapiert, und auf Regalen an der Wand lagen alte Ausgaben der ADAC-Motorwelt und Werbebroschüren von Schnaufis Herstellerfirma. Als ich die Garage betrat, war sie gerade dabei, dem Wagen aus dem schönen Märchenbuch „Der kleine Kfz-Mechaniker" vorzulesen. Nachdem sie das Werk zugeschlagen hatte, deckte sie Schaufi zu, und wir verließen auf Zehenspitzen die Garage. „Morgen Abend mache ich ihm wieder einen Ölwechsel, das hat er so gerne", flüsterte mir Nini im Bett zu.

Den nächsten Tag nutzte die schönste Frau diesseits des Universums dazu, die Garage mit einer neuen Tapete zu versehen. Nun war Schnaufi von zahlreichen kleinen Autos, Kfz-Mechanikern, Reifen und Schraubenschlüsseln umgeben. Für die Zeit zwischen 13 und 15 Uhr hatte Nini ein Zutrittsverbot für die Garage ausgesprochen. Der Wagen brauche schließlich seine Ruhe, fand sie.

Jetzt wollte auch ich mit meiner Fürsorglichkeit nicht hintenanstehen. Ich schlug vor, regelmäßig Ausflüge mit Schnaufi zu machen, damit er sich nicht langweilt und etwas von der Welt sieht. „Das finde ich so süß von dir", strahlte Nini mich an. Zwei Tage fuhren wir also mit Schnaufi an die Nordsee – und zwar direkt an den Strand, damit er das Meer sehen konnte. Den Motor ließen wir laufen, sodass die Klima-Anlage im Inneren für angenehme Temperaturen sorgte und der arme Wagen nicht schwitzen musste. Den Protest und das Geschrei der Touristen, deren Strandburgen Opfer unseres Ausfluges wurden, ignorierten wir. Zwar kam flugs ein Wärter vorbei, der irgendwas von „Ich hole die Polizei und überhaupt" brüllte, aber nachdem wir die Kurtaxe bezahlt hatten, beruhigte er sich wieder. Am nächsten Tag brachten zahlreiche Touristen ihre Autos auch mit zum Strand, was uns anekelte, verschandelten sie doch die Landschaft und verstellten Schnaufi den Blick aufs Meer – von der Umweltverschmutzung ganz zu schweigen.

Damit Schnaufi so etwas nicht wieder erleben musste, wählten wir die Ausflugsziele nun sorgsamer aus. Als nächstes sollte er die Schönheiten des Harz′ kennenlernen, weshalb wir ihn mit einem Autoanhänger per Zug auf den Brocken brachten, was lediglich mit 3000 Euro zu Buche schlug. Sodann standen der Grand Canyon, die Niagara-Fälle, das Weiße Haus in Washington und die Serengeti auf dem Ausflugsplan. Schnaufi reiste komfortabel im Flugzeug (30 000 Euro), während Nini und ich uns per Anhalter durchschlugen und Schnaufi an den Zielen in Empfang nahmen. Nach einer abschließenden Weltreise (150 000 Euro) trudelte unser vierrädriger Liebling wieder ein und ließ es sich in seiner Garage gutgehen.

Nach einem Blick auf unseren Kontostand, kam ich nicht umhin, Nini mitzuteilen, dass selbiger quasi nicht mehr vorhanden und wir somit pleite seien. Lediglich eine Option hatten wir noch. „Wir müssen den Hexer wieder verkaufen", stellte ich fest. So geschah es. Etwas später zogen wir in die Garage, damit Schnaufi im Haus logieren konnte. Schließlich war es ihm nicht zuzumuten, stets in einer zugigen Garage zu stehen – in seinem Alter, konstatierte Nini.

Attentäter wird zum Ausbildungsberuf

Spätestens seit dem Zweiten Weltkrieg haben wir Deutschen gelernt, dass der Einsatz von Militär böse und nicht sehr nett ist. Viel besser ist es, Konflikte durch Gespräche und ohne Gewalt zu lösen. Deshalb gerät der Einsatz der Bundeswehr in Afghanistan und anderen Ländern auch immer wieder in die Diskussion. Um diese fortan ein für alle Mal zu beenden, haben sich Vertreter von Regierung und Opposition zusammengesetzt, um Regeln zu finden, wie das Paradies auch ohne Gewalt in fernen Ländern errichtet werden kann. Und sie haben Regeln gefunden.

„Was den Menschen in Afghanistan und anderen Ländern fehlt, sind klare Regeln und Verordnungen, nach denen sie ihr Leben ausrichten können", stellte Bundeskanzlerin Angela Merkel zu Beginn der Sitzung im Kanzlerinnen- und Kanzleramt fest, um gleich darauf fortzufahren: „Natürlich müssen dabei landestypische Sitten berücksichtigt werden." Bombenanschläge gehörten schließlich in Afghanistan zur kulturellen Folklore. „Sehr richtig", ließ sich Oskar Lafontaine, ehemaliger Chef der Linkspartei, vernehmen. „Und deshalb müssen wir besonders kultursensibel vorgehen", war im Weiteren von ihm zu hören, während der Kopf der Grünen-Vorsitzenden Claudia Roth in ein heftiges Nicken verfallen war. „Wir dürfen keinesfalls in die kulturelle Identität der Menschinnen und Menschen dort eingreifen. Schließlich haben sie aus unserer Sicht obendrein auch noch einen migrantischen Migrationshintergrund", konstatierte sie.

Gerade wollte Roth zu weiteren Ausführungen ansetzen, doch plötzlich erwachte die Kanzlerin wieder und ergriff erneut das Wort. „Das liegt uns natürlich fern. Aber ein gewisses Regelwerk muss eingehalten werden. Deshalb schlage ich vor, dass Bombenanschläge künftig bei einer zentralen Instanz angemeldet werden müssen", so Merkel. Dazu genüge es, wenn der Attentäter einen fünfseitigen Antrag in dreifacher Ausführung ausfüllt und zudem noch ein Passbild von sich mit einer Birne im Mund beilege. „Metallsplitter und Stahlkugeln in einem Sprengsatz sollten verboten sein, stattdessen können die EU-Gurkenverordnung und meine Regierungserklärungen verwendet werden", fügte die Kanzlerin hinzu.

Nun fühlte sich Roth bemüßigt, unbedingt noch den Umweltschutzgedanken in die Diskussion einzuführen. „Vor dem Hintergrund des Klimawandels sollte festgesetzt werden, dass pro Anschlag nur 150 Gramm Kohlendioxid freigesetzt werden dürfen", tat sie kund. „Als Anmeldezentren sollen Nichtraucher-Panzer und -panzerinnen in die betreffenden Länderinnen und Länder geschickt werden, natürlich ohne Kanoninnen und Kanonen. Die Fahrzeuge dienen als Annahmestelle für Anträge von Attentäterinnen und Attentätern, und sie werden selbstredend aus Klimaschutzgründen mit Hamsterinnen und Hamstern angetrieben."

Jetzt musste auch Reiner Hoffmann das Wort ergreifen. Der Chef des Deutschen Gewerkschaftsbundes, der Tag und Nacht über die Schaffung neuer Arbeitsplätze nachdachte und seine Gedanken gerne in einen globalen Zusammenhang stellte, machte einen Vorschlag, dessen Überzeugungskraft er sich selber nicht entziehen konnte: „Ich als Gewerkschafter plädiere dafür, dass Attentäter ein Ausbildungsberuf wird. Wer will, sollte Attentatologie sogar studieren und ein Diplom erwerben können. Wer sich dreimal selber in die Luft gejagt hat, muss automatisch eine Lehrzulassung als Professor bekommen", forderte er. Zudem müsse ein Attentäter geregelte Arbeitszeiten haben und eine gerechte Entlohnung erhalten: „40 Jungfrauen verschiedener Altersgruppen und Haarfarbe empfinde ich als angemessen", sinnierte er. Überdies solle das Renteneintrittsalter für Attentäter der Arbeitsbelastung entsprechen. „Die Rente ab 67 kommt also nicht infrage."

SPD-Chef Sigmar Gabriel machte sich dafür stark, Diplom-Attentätern, die sich in ihrem Beruf bewährt haben, auch den deutschen Arbeitsmarkt zu öffnen. „Wir brauchen mehr hochqualifizierte Zuwanderer." Attentäter könnten in Deutschland zum Beispiel helfen, bei politischen Streitfragen Akzente zu setzen und schnell Entscheidungen herbeizuführen, so Gabriel, während Familienministerin Manuela Schwesig (SPD) eifrig nickte. Sie griff den Vorschlag mit Blick auf ihr Ressort mit Begeisterung auf. „Diplom-Attentäter können ihr Wissen schon früh an den Nachwuchs weitergeben. Gerade Kinder freuen sich, wenn es knallt und zischt." Positiv wurden die Vorschläge von den Grünen aufgenommen. „Das ist ein Stück Integration sowie eine Zukunftsperspektive für Zuwanderinnen und Zuwanderer", freute sich Roth. Offene Fragen sah hingegen FDP-Chef Christian Lindner, den man eingeladen hatte, weil man auch bei der außerparlamentarischen Opposition Sachverstand vermutete: „Wir stimmen erst zu, wenn klar ist, ob die Attentäter freiberuflich oder im Angestelltenverhältnis tätig sein sollen. So lange das nicht geklärt ist, halten wir uns an bewährte Kräfte wie Dieter Bohlen und deutsche Fernsehmoderatoren."

Es war der Grünen-Chefin Roth vorbehalten, ein weiteres sensibles Thema in die Diskussion einzuführen. „Wie können wir Entführunginnen und Entführungen verhindern?", fragte sie. „Nun, Frau Kollegin, ich glaube, da kann ich mit einem Vorschlag aufwarten", trompetete Gabriel, um im Folgenden zu zeigen, dass seine Gehirnzelle enorme Kapazitäten aufwies. „Auch das können wir regeln. Entführt werden dürfen nur noch Menschen mit einem Jahreseinkommen von 100 000 Euro und mehr. Also Reiche. Da es aber keine Reichen in Entwicklungsländern gibt, sind Entführungen verboten", sprach's und lehnte sich zufrieden in seinem Sessel zurück.

Gabriels Idee rief nun auch im Kopf von DGB-Chef Hoffmann eine ungekannte Geschäftigkeit hervor. „Und wenn doch eine Entführungsfachkraft ihr Handwerk verrichten will, dann muss das Opfer in einem deutschen Auto transportiert werden. Das schafft Arbeitsplätze bei uns", war er sich sicher. „Aber der Wagen muss eine grüne Feinstaubplakette haben", warf Roth ein. Zudem müssten die Opferinnen und Opfer in einem nach den neuesten Vorschriften gedämmtem Haus mit einer Photovoltaikanlage auf dem Dach untergebracht werden, forderte sie. „Das Haus darf nur mit regenerativen Energien versorgt werden", schob Roth nach. Überdies müsse eine Beamtin oder ein Beamter der EU überprüfen, dass in dem Haus auch keine Glühbirninnen oder Glühbirnen sowie wasserverschwendende Duschköpfinnen oder Duschköpfe zum Einsatz kämen. „Sollte das der Fall sein, so muss die Entführerin oder der Entführer eben eine Geldstrafe zahlen. Außerdem fordere ich eine Frauenquote bei den Entführungsfachkräften", ließ Roth sich vernehmen. Dann senkte sich Stille über den Konferenzraum. SPD-Chef Gabriel horchte in sich hinein, um festzustellen, ob da vielleicht noch eine aufsehenerregende Idee im Zustand des Werdens war – jedoch vergeblich. Nur das Schnarchen der Kanzlerin machte der Stille Konkurrenz. Doch langsam dämmerte die Regierungschefin wieder dem Zustand der geistigen Tätigkeit entgegen und forderte den Protokollführer auf, die Ergebnisse zusammenzufassen. „Sehr gerne", sagte der ehemalige Arbeitsminister Norbert Blüm, der sich mit seinem Job die Rente ein wenig aufbesserte, und tat, wie ihm geheißen. „Also, ich rekapituliere: Attentäter dürfen nur noch Entführer in die Luft sprengen, die zuvor eine Photovoltaikanlage entführt haben. Dazu müssen sie wassersparende Duschköpfe benutzen, die weniger als 100 000 Euro gekostet haben und über eine klimafreundliche Dämmung verfügen. Wer drei Duschköpfe auf einmal entführt und dafür ein Auto aus deutscher Produktion nutzt, bekommt ein Diplom und wird Professor bei der SPD, wenn er die EU-Gurkenverordnung fehlerfrei aufsagen kann."

„Wunderbar", sagte die Kanzlerin. „Genauso machen wir das", fügte sie hinzu und verließ den Raum.

Wenn der Buckelwal zum Bettnässer wird

Kürzlich las ich in der TV-Zeitschrift die Inhaltsangabe eines Films, der zur besten Sendezeit im öffentlich-rechtlichen Fernsehen gezeigt wurde. Es ging um eine Psychologin, die nach einem Umzug in eine andere Stadt dort einen Siebenjährigen therapiert, der wieder zum Bettnässer geworden ist. Dann lernt die Frau einen Mann kennen, der in der Ostsee nach einem Buckelwal sucht... Wer kommt auf solche geistigen Unauffälligkeiten? Und wie gelangt so etwas ins Fernsehen? Die Antwort bekam ich, als ich zufällig Zeuge einer interessanten Sitzung wurde.

Der Regisseur Lothar-Friedrich Brötzmann hatte durch sein bisheriges Schaffen beeindruckende Werke hingelegt. Sein Film „Die Einkaufstüte" mit Veronica Ferres in der Rolle der Tüte wurde von den Kritikern mit Wohlwollen aufgenommen, die Quotenforschung ermittelte bei der Ausstrahlung immerhin zwei Zuschauer sowie einen Mops, der allerdings dem Schlaf anheimgefallen war. Auch eine Seegurke soll den Film gesehen haben, sie bestand jedoch darauf, zur Sendezeit gar nicht zu Hause gewesen zu sein. Mit diesen und anderen sensationellen Erfolgen hatte sich Brötzmann einen Stammplatz unter den Top-Regisseuren gesichert. Nun wollte der Kult-Filmemacher dem ARD-Programmdirektor Hubertus Augenohr seine neuen Projekte vorstellen. Da auch der ZDF-Chef Fridolin

Grabenklopfer vom Genius des Regisseurs zu profitieren gedachte, hatte man sich einfach zu einer gemeinsamen Sitzung zusammengefunden.

„Ich plane da wieder mal etwas mit einem wahnsinnigen Tiefgang", sprach Brötzmann, nachdem er seinen massigen Körper in einem Sessel platziert hatte. Die Aufmerksamkeit von Augenohr und Grabenklopfer richtete sich augenblicklich auf das Genie, welches sich flugs berufen fühlte, eine kurze Inhaltsangabe seines neuen Projektes zur Aufführung zu bringen. „Also, die Story geht so", hob das Genie an, „Maria zieht von Berlin nach Wanne-Eickel. Dort stürzt sich die Kinderpsychologin in die Arbeit und therapiert den 27-jährigen Jonas, der wieder zum Bettnässer geworden ist. Doch Marias Freund Frank ist in Berlin geblieben, sodass Maria einsam ist und selbst zur Bettnässerin wird. Dann trifft sie Martin, der in der Ostsee einen Buckelwal sucht", umriss Brötzmann kurz die Handlung.

Augenohr, der mit einem enormen Reaktionsvermögen ausgestattet war, sah sich nach nur wenigen Minuten in der Lage, ein Statement zu formulieren. „Ich muss zugeben, dass die Handlung auf der Höhe der Zeit ist. Bettnässertum kommt in allen gesellschaftlichen Schichten und Altersklassen vor und sollte deshalb umfassend und eingehend im Fernsehprogramm behandelt werden." Allerdings entzog sich die Sache mit dem Buckelwal kurzzeitig seiner Auffassungsgabe. „Ist der Wal auch Bettnässer?", wollte Augenohr erfahren. „Das wird selbstredend erst am Ende des Films deutlich", ließ

Brötzmann wissen. Nun schaltete sich auch Grabenklopfer in die Diskussion ein. „Und was ist mit diesem Martin, der den Wal sucht – macht der wenigstens auch ins Bett?", begehrte er zu wissen. Brötzmann gestattete den Programmdirektoren einen
kleinen Blick auf den Schluss seines geplanten
Films. „Ja, aber dann muss das Bett, das mittlerweile
eine Liaison mit dem Buckelwal eingegangen ist, in
die psychologische Behandlung von Maria – und so
schließt sich der Kreis. Gerade diese Dreiecks-
Geschichte zum Schluss überrascht ja den Zuschauer so."

Augenohr und Grabenklopfer kamen nicht umhin,
dem Regisseur ihre Anerkennung für diesen genialen Einfall auszusprechen. Sie dürsteten nach weiteren Ideen, die Brötzmann, ohne sich lange bitten zu
lassen, offenherzig feilbot. „Was halten Sie von Fol-
gendem?", hob er an. „Die 20-jährige Yvonne entdeckt bei ihrem Griechenlandurlaub, dass sie nicht
lesbisch ist und es auch nie war. Nun sucht sie ihre
Tante Charlotte auf, die ebenfalls nicht lesbisch ist.
Gemeinsam fragen sich die beiden, wie sie Gustav,
einem Verwandten dritten Grades väterlicherseits,
der auch nicht lesbisch ist, aber in der Straßenbahn
mal eine lesbische Frau gesehen hat, begegnen sollen..."

Augenohr hatte das, was er für seinen Kopf hielt,
schräg gelegt, und aus seinem Blick sprach eine tief-
gehende und von Herzen kommende Verehrung für
den Top-Regisseur. Grabenklopfer hingegen fühlte
sich bemüßigt, dem intellektuellen Gehalt der Idee

noch ein wenig auf den Grund zu gehen. „Aber wo bleibt die Bettnässer-Problematik? Oder ist die lesbische Frau, die Gustav mal in der Straßenbahn gesehen hat, vielleicht Bettnässer?", wollte er wissen. Nun war auch der kritische Verstand von Augenohr plötzlich erwacht: „Wäre es nicht möglich, auch einen Buckelwal in die Handlung einzubauen? Er muss ja nicht unbedingt gleich immer ins Bett machen, aber er könnte als Vertreter einer weiteren Minderheit fungieren – besonders, wenn er homosexuell wäre und nur an ungeraden Tagen vielleicht gelegentlich als Bettnässer tätig sein würde", philosophierte er. Brötzmann versprach, dass er versuchen wolle, über die Anregungen nachzudenken.

Ein weiterer Vorschlag Brötzmanns zeigte wieder einmal sein Gespür für hochanspruchsvolle Themen mit psychologischem Anspruch. „Der 75-jährige Soziologie-Student Klaus-Jürgen verliebt sich unsterblich in einen Zimmerspringbrunnen. Seine Liebe bleibt unerwidert. Dann trifft er auf Monique. Die beiden adoptieren einen gehbehinderten Hamster, der sich vegetarisch ernährt, und machen mit ihm einen Campingurlaub in Mecklenburg-Vorpommern...", referierte Brötzmann und lehnte sich triumphierend zurück.

Die Spannung, die diese Handlung hervorrief, hatte bei den beiden Programmdirektoren eine temporäre Stimmbandlähmung hervorgerufen. Grabenklopfer sah sich als erster in der Lage, wieder sprachlich auf sich aufmerksam zu machen. „Respekt. Die Zimmerspringbrunnen-Problematik war lange Zeit in unseren Programmen unterrepräsentiert", sinnierte er. „Genauso wie Hamster in Mecklenburg-Vorpommern", ergänzte Augenohr. Beide kamen überein, dass mit dem Zimmerspringbrunnen indirekt auch die Bettnässer-Problematik angesprochen sei, denn schließlich mache so ein Springbrunnen ja auch nichts anderes, als Wasser aus sich herauslaufen zu lassen.

Brötzmann sonnte sich in den ehrfurchtsvollen Blicken der Programmdirektoren, als er in einer hinteren Ecke des Zimmers den Assistenten von Augenohr, Alois Zampenhuber, entdeckte. Zampenhuber war es vorbehalten, die Ergebnisse dieses gehaltvollen Treffens schriftlich festzuhalten. „Herr Zampenhuber, was würden Sie denn gerne mal im Fernsehen sehen?", fragte Brötzmann, der einfach auch mal die Meinung des Durchschnittszuschauers kennenlernen wollte. „Ach, ich sehe gerne Naturdokumentationen – am liebsten etwas über Vulkane", antwortete der Assistent. Brötzmann atmete tief durch, ließ seinen Kopf schunkeln und ihn dann eine weitere Idee produzieren. „Wie wäre es damit: Ein homosexueller Vulkan trifft in Mecklenburg-Vorpommern einen Zimmerspringbrunnen. Die beiden ziehen gemeinsam nach Wanne-Eickel und beschließen, dort bei der lesbischen Psychologin Maria eine Ausbildung zum Bettnässer zu machen. Dabei lernen sie einen Buckelwal kennen, der sich für einen gehbehinderten Hamster hält und eine Umschulung zum Vegetarier absolviert. Die Psychologin verliebt sich in den Buckelwal und beschließt ihrerseits, eine Zusatzausbildung zum Zimmerspringbrunnen zu machen…"

Die beiden Programmdirektoren nebst ihrem Assistenten waren vor Brötzmann auf die Knie gesunken. Sie beschlossen, dem genialen Regisseur vier Milliarden Euro für die Realisierung dieser Idee zur Verfügung zu stellen. Gesendet werden sollte der Film wegen seines intellektuellen Tiefgangs auf Arte.

Nach der Ausstrahlung ermittelte die Quotenforschung einen überraschenden Wert: Kein menschliches Wesen hatte sich den Streifen angetan, aber immerhin zwei Zimmerspringbrunnen hatten erst nach nur eineinhalb Minuten das Programm gewechselt.

Auf Du und Du mit 20 000 Watt

Meine Freundin Nini und ich sind nicht mehr die jüngsten, aber wir benehmen uns trotzdem so. Wir haben uns vorgenommen, uns vom Alter nicht belästigen zu lassen. Deshalb lassen wir uns zum Beispiel auch gerne mal in einer Bar sehen. Erst kürzlich geriet der Besuch so einer Einrichtung zu einem erfrischenden Erlebnis.

„Musicbox" stand über dem Eingang der Bar, in der Nini und ich uns mal wieder unseres Jungseins vergewissern wollten. Drinnen angekommen, taxierten uns zwei Jugendliche, bevor sie uns ihre Sitzplätze anboten.

Der Discjockey hatte einen beträchtlichen Teil des Potenzials seiner Musikanlage abgerufen. Die elektronischen Bässe und Trommeln, deren Liaison heutzutage als Musik bezeichnet wird, erreichten mühelos die Lautstärke von mehreren mit Nachbrenner startenden Kampfjets, sodass der Tisch in Vibrationen verfiel, was wiederum dazu führte, dass sich unsere Getränkegläser beherzt selbstständig machten und über den Tisch schunkelten. Mit einer Zuckerdose und einem Getränkekartenhalter richteten wir kurzentschlossen einen kleinen Parcours ein. Obendrein flatterten unsere Hosenbeine, wovon wir uns aber nicht irritieren ließen. „Hattest Du einen schönen Tag?", schrieb Nini auf einen Bierdeckel. „Ja", textete ich ihr zurück, bevor die Bedienung den Bierdeckel konfiszierte. Mithilfe eines Megafons setzte sie mich davon in Kenntnis, dass Bierdeckel nicht für die Kommunikation vorgesehen seien. Zur Sicherheit gab es mir die junge Dame auch noch schriftlich – auf einem Bierdeckel.

Nini bewahrt auch in solch kritischen Situationen stets den Überblick und hält sich Handlungsoptionen offen. Von einem Gang zur Toilette brachte sie uns ein neues und höchst willkommenes Kommunikationsmittel mit: Papierhandtücher. „Mein Tag war furchtbar", kritzelte sie auf das Papier. „Was ist denn pass...", konnte ich gerade noch antworten, bevor die Bedienung abermals in Erscheinung trat und unser neues Kommunikationsmittel erneut aus dem Verkehr zog. „Handtücher sind bei uns für andere Zwecke vorgesehen", informierte mich die resolute Fachkraft mit ihrem Megafon, welches sie vorsichtshalber mit einem Druck von mehreren Bar auf mein Ohr presste, sodass ich sie zumindest schwach verstehen konnte.

Nun war es an mir, ein neues Kommunikationsmittel zu besorgen. Auch ich machte mich auf der Toilette auf die Suche, die ich als durchaus erfolgreich betrachtete, kehrte ich doch mit einer Klopapierrolle, die sofort fröhlich über den Tisch hüpfte, zurück. Nini gelang es gerade noch, der Rolle habhaft zu werden, bevor selbige sich über die Tischkante stürzen konnte. „Ich hatte Stress im Büro", schrieb sie und reichte mir die Rolle. „Wer hat denn..." Mit Adleraugen hatte die Bedienung unser schändliches Tun erblickt und trat erneut in Erscheinung. Mit ihrer charmanten und unaufdringlichen Art und

Weise informierte sie mich darüber, dass wir das Klopapier zweckentfremden würden, was sie nicht dulden könne. Vorsichtshalber hatte sie vorher ihrem Megafon noch stärkere und unverbrauchte Batterien spendiert, sodass meine Frisur nach dieser Ansprache komplett linkslastig, aber nicht uninteressant war.

Und wieder war es Nini, die einen neuen Kommunikationskanal ersonnen hatte. „Huhu. Gruß, Nini", las ich im Display meines Handys. Noch bevor ich eine Antwort tippen konnte, stellte sich die sympathische und rührige Bedienung ein und machte uns darauf aufmerksam, dass viele Gäste das Gepiepse als störend empfinden würden. „Bitte hört damit auf", dröhnte ihre Stimme aus einer 20 000-Watt-Box, die sie freundlicherweise mit ihrem Megafon verbunden und zuvorkommend an mein Ohr geschoben hatte.

Gegen 3 Uhr morgens legte der Discjockey der Leistungsfähigkeit seiner Anlage Zügel an, was nicht nur zu weniger Lärm führte, sondern auch ein untrügliches Zeichen dafür war, dass die Bar nun bald geschlossen werden sollte. Eine Kommunikation auf Basis der normalen Akustik war jetzt ansatzweise möglich. „Wollen wir gehen?", schrie Nini mit dem Megafon, das ihr die Bedienung netterweise kurzzeitig überlassen hatte, über den Tisch. Mit einem Kopfnicken signalisierte ich meine Bereitschaft, ihrem Vorschlag Folge leisten zu wollen.

Als wir kurze Zeit später mit pfeifenden Ohren im Bett lagen, konnte ich noch gerade Ninis Resümee des Abends hören. „Schön, dass wir uns mal wieder so richtig ausgesprochen haben", brüllte sie. „Ja, das freut mich auch. Gute Nacht", schallte es aus der Nachbarwohnung herüber.

Endlich: Hunde müssen Kopftuch tragen

Durch unsere Vergangenheit haben wir Deutsche gelernt, dass wir irgendwie potenziell böse sind. Daraus haben wir den weisen Schluss gezogen, dass alles, was nicht deutsch ist, auf jeden Fall eine gute Sache sein muss. Menschen aus anderen Ländern, fremde Religionen und merkwürdige Sitten und Gebräuche empfinden wir automatisch als gut. Je exotischer, desto besser. Am meisten sind wir in den Islam verliebt, er gibt sich zwar gelegentlich ein wenig mittelalterlich, altbacken und teilweise reaktionär, aber das ist nicht schlimm, denn es ist ein Reaktionär-Sein mit Migrationshintergrund und somit mit menschlichem Antlitz. Nun haben Regierung, Opposition und Islam-Verbände in einer Arbeitsgruppe beschlossen, dass Deutschland sich weiter in den Islam integrieren soll. Bei einer Pressekonferenz wurden die Vorstellungen in den öffentlichen Erlebnisraum gestellt.

„Mit den neuen Regeln ist der Islam in Deutschland angekommen", freute sich der ehemalige Bundespräsident Christian Wulff und rückte seiner aktuellen Lebenspartnerin das Kopftuch gerade. Wulff musste zwar als Bundespräsident wegen einiger Unübersichtlichkeiten bei der Finanzierung seines Hauses zurücktreten, aber mit seinem Satz „Der Islam gehört zu Deutschland" hatte er sich in die Herzen der Menschen geredet, sodass die islamischen Verbände in Deutschland der Ansicht waren, dass Wulff genau der richtige Mann für den Vorsitz der Arbeitsgruppe war.

Tatsächlich dürften die von der Arbeitsgruppe erarbeiteten Vorschläge das Leben der Mehrheitsgesellschaft erheblich verändern. Konkret werden soll es zum Beispiel beim Fußball: Aus Respekt vor muslimische Fans und Spielern werden bei den Freitagsspielen beide Mannschaften in Richtung Osten spielen. Die Tore stehen zwar nach wie vor an der Stirnseite des Feldes – aber nebeneinander. Stadien, die seit Jahrzehnten irrtümlicherweise in Nord-Süd-Richtung in der Gegend herumstehen, müssen auf Kosten der Vereine in die richtige Richtung gerückt werden. Auch von den herkömmlichen, unislamischen Trikots müssen die Fußballer Abschied nehmen. „Es war uns schon lange ein Dorn im Auge, dass die Spieler halbnackt rumlaufen", kritisierte Ayyub Axel Köhler, Vorsitzender des Zentralrats der Muslime. Zukünftig sollen die Sportler im Kaftan auflaufen, wobei Nicht-Muslime einen Schlafanzug tragen dürfen. Claudia Roth, fußballpolitische Sprecherin der Grünen, hierzu: „Der Schlafanzug symbolisiert auch das Verschlafen der Integration – das ist ein großer Schritt nach vorne", ließ sie sich unter einer Burka vernehmen.

Dem Generalsekretär des Zentralrats der Muslime, Aiman Mazyek, war es vorbehalten, die neuen Integrationskurse für deutsche Männer zu präsentieren. „Unter dem Motto ‚Mein Bart gehört mir' können die Ungläub..., äh, die Deutschen lernen, wie ein richtiger Mann auszusehen hat", so Mazyek. In dem dreimonatigen Kursus will Kursleiter Murat Kurnaz den Integrationswilligen wichtige Tipps geben. „Ich zeige ihnen, wie man einen Rasierapparat kaputt trampelt und ein weiches Ei isst, ohne dass der Bart versaut wird", versprach der Türke. Claudia Roth, bartpolitische Sprecherin der Grünen, zeigte sich begeistert: „Ich werde mir einen Bart ankleben, damit ich da mitmachen kann", sagte sie und wedelte mit ihrer Burka.

Auch in der Tierwelt soll der Integrationsgedanke verankert werden. Schon bald müssen alle weiblichen Hunde, Katzen, Goldhamster und Meerschweinchen ein Kopftuch tragen. Elstern, die dem heimtückischen Diebstahl frönen, werden sich von einem Flügel trennen müssen. „Durch die Einführung der Scharia in diesem Bereich zeigen wir den Deutschen, dass auch sie von muslimischen Gepflogenheiten profitieren können", erklärte Köhler. Die tierpolitische Sprecherin der Grünen, Claudia Roth, stellte sich vorbehaltlos hinter diese Regelung: „Auch Elstern und Haustiere müssen endlich in der multikulturellen Gesellschaft ankommen", trompetete sie.

Auch die lieben Kleinen sollen nicht vor den Bereicherungen des Islams verschont werden, wie Wulff darlegte. „Alle Hersteller von Teddys oder teddyähnlichen Wesen müssen ihre Erzeugnisse fortan mit einer Burka bekleiden. Zudem muss die Firma sicherstellen, dass das Plüschtier nicht homosexuell ist oder werden könnte", erläuterte der Ex-Bundespräsident. Überdies müssen zukünftig alle Barbiepuppen mit einem Jungfräulichkeitszertifikat ausgeliefert werden. Geringfügige Änderungen wird es zudem bei der Zeichentrickserie „Pu der Bär" geben. Pus bester Freund, ein Ferkel, wird ab dem kommenden Jahr nur noch mit einem Kopftuch zu sehen sein. Der ebenfalls mitspielende und depressiv veranlagte Esel I-Ah wird in jeder Folge einmal geschächtet. In den Folgen „Pu baut ein Haus" sowie „Pu macht ein Haus kaputt" und „Pu kann gar kein Haus bauen" muss sichergestellt werden, dass das Haus in Richtung Osten gebaut wird, bevor es, ebenfalls in Richtung Osten, in sich zusammenfällt. Mit den Worten „Das ist ein klares Ja zur Integration. Auch Pu und Ferkel sowie I-Ah müssen ihren Beitrag leisten", zeigte die pupolitische Sprecherin der Grünen, Claudia Roth, unter ihrer Burka eindrucksvoll den Zustand ihrer Großhirnrinde.

In diversen Veranstaltungen sollen Deutsche und Moslems sich näherkommen und Verständnis füreinander entwickeln. Den Auftakt bildet ein Seminar zum Thema „Macht Schweinefleisch homosexuell, dumm oder farbenblind?" Allerdings sollen Homosexuelle nicht an der Veranstaltung teilnehmen dürfen, da „wir hierbei keine Frauen dabeihaben wollen", so Köhler. Beim Sprachkurs „Isch mach disch Krankenhaus – Dönerdeutsch für Anfänger" können Einheimische wertvolle Erkenntnisse über den kreativen Umgang mit der Sprache lernen, während es beim Seminar „Meine Schwester ist mein Eigentum" darum geht, die Jungfräulichkeit der weiblichen, minderjährigen Familienmitglieder kompetent, aufopferungsvoll und beherzt zu erhalten. Claudia

Roth, jungfrauenpolitische Sprecherinder Grünen: „Die holde Jungfrau hatte ja schon in alten deutschen Märchen einen hohen Stellenwert – das sollte heute wieder so sein", dozierte sie aus der Burka heraus.

Doch auch Moslems wird einiges abverlangt. Ein zweimonatiger Kurs mit dem Titel „So steinige ich meine Frau nicht" soll ihnen deutlich machen, dass derartige Bestrafungsformen in Deutschland eher unüblich und teilweise nicht so gerne gesehen werden. In dem Seminar lernen die Teilnehmer, wie man die Wurfgeschosse gezielt neben der Dame platziert. Die steinigungspolitische Sprecherin der Grünen, Claudia Roth, kündigte an, sich gerne als Ziel zur Verfügung zu stellen. „Ich werde mir unter der Burka noch ein Kopftuch aufsetzen, dann kann gar nichts passieren", freute sie sich und zerrte Wulffs Frau das Tuch vom Kopf.

Als Zeichen der religiösen Toleranz soll auch die Heiligkeit der Kühe für in Deutschland lebende Hindus anerkannt werden. In Zukunft sollen die Vierbeiner die Sitzungen des Bundestages mit ihrer Anwesenheit bereichern. „Das ist eine klare intellektuelle Aufwertung des Parlaments", freute sich der SPD-Chef Sigmar Gabriel. Stirnrunzeln gab es hingegen bei Claudia Roth. Aus Angst, mit den Tieren verwechselt zu werden, kündigte sie an, an Bundestagssitzungen nicht mehr teilnehmen zu wollen.

Gentechnik hat Vorteile, aber nicht immer

Meine Freundin Nini und ich nehmen regen Anteil an der Entwicklung der Wissenschaft. Neuen Ideen und Vorhaben stehen wir aufgeschlossen gegenüber. Schon nach der morgendlichen Zeitungslektüre kann es geschehen, dass wir mit eigenen Vorschlägen in die Vorstellungen der Wissenschaft eingreifen.

„Potzblitz", entfuhr es Nini, nachdem sie beim Frühstück die Zeitung aufgeschlagen und ihre himmelblauen Augen über einen Artikel hatte gleiten lassen. „Was ist nun schon wieder passiert?", begehrte ich zu wissen. Nini war noch ganz gefangen, doch es gelang ihr, mir die wesentliche Aussage des Artikels mitzuteilen. „Ein amerikanischer Wissenschaftler will das Leucht-Gen von Glühwürmchen in das Erbgut einer Baumart einfügen. Dann würde der Baum im Dunkeln leuchten. Damit könne man Energie sparen, sagt der Wissenschaftler", erläuterte sie. „In welcher Farbe soll denn der Baum dann leuchten?", fragte ich. Das stehe nicht in dem Artikel, gab Nini leicht genervt zurück.
Ich ließ mir die Sache durch den Kopf gehen. „Wie wäre es", hob ich an, „wenn man auch noch das Gen eines Feuerfisches und eines Frosches hinzufügen würde. Dann könnte man die Bäume auch als Ampel einsetzen", brachte ich meinen Gedanken zu Ende. Nini jedoch entdeckte eine gewisse Unlogik in meinen geistigen Turnübungen. „Dann würde der

Baum ja weghüpfen und obendrein auch noch nachts quaken", erwiderte sie, um nun ihrerseits einen Vorschlag zu machen: „Man könnte ja noch ein Nilpferd-Gen hinzufügen. Die hüpfen gar nicht, sondern stehen nur den ganzen Tag in der Gegend herum."

„Was passiert eigentlich, wenn man ein Nilpferd mit einem Glühwürmchen kreuzt?", fragte ich. „Nun, dann bekommt man ein extrem schlankes Nilpferd, das unter Wasser leuchtet und mit den Ohren wackelt", erklärte die schönste Frau diesseits des Universums. Im Folgenden kamen wir beide zu dem Schluss, dass es für so ein Tier keine sinnvolle Verwendung gibt.

„Es wäre doch schön, wenn man ein Pferd mit einer Katze kreuzen würde, dann könnte man mit ihr auf die Bäume reiten", unterbrach Nini das Schweigen. Ich ließ meinen Kopf in ein zustimmendes Nicken verfallen und brachte im Folgenden die Kreuzung eines Papageis mit einem Hahn in die Diskussion ein. „Das hätte den Vorteil, dass man sich morgens mit intelligenten Kommentaren wecken lassen könnte", erläuterte ich. Nini hingegen wünschte sich eine Kreuzung aus Pizza und Hund. „Dann würde die Pizza auf Zuruf in den Ofen springen und nach 20 Minuten selbstständig auf den Tisch kommen", sinnierte sie.

Wir ließen nun unsere vollste Aufmerksamkeit dem reich gedeckten Frühstückstisch zukommen. Nini begann, auf ein Ei einzuhämmern. „Wenn man ein Ei mit einem Specht kreuzen würde, könnte es sich selbst aufschlagen", murmelte sie. „Und wenn man noch ein Nilpferd-Gen hinzufügen würde, hätte das Ei Ohren und würde damit wackeln", ergänzte ich. Nini merkte an, dass sie Eier mit wackelnden Ohren nicht verzehren würde und griff zu einer Scheibe Truthahnsalami, die sie auf einer Brötchenhälfte platzierte. „Wenn man ein Erdbeer-Gen in eine Truthahnzucht einführen könnte, könnte man gleichzeitig Wurst und Erdbeermarmelade essen", erklärte ich. Nini hingegen plädierte für Brötchen mit einem Glühwürmchen-Gen, „Dann könnte man die Brötchen auch im Dunkeln finden und essen."

Ich ließ eine Scheibe Weißbrot im Toaster verschwinden und lehnte mich wartend zurück, wobei ich mir im Stillen eine Kreuzung zwischen Toastbrot und Frosch wünschte, damit die getoastete Brotscheibe einfach auf den Teller hüpfen würde. Ich hütete mich aber, Nini von meinem Wunsch zu erzählen, denn sie zeigt für solche Albernheiten im Allgemeinen nur wenig Verständnis. „Was hältst Du eigentlich davon, wenn man ein Toastbrot mit einem Känguru kreuzen würde, dann könnte das Brot aus dem Toaster direkt auf den Teller springen", unterbrach Nini meine Gedanken. „Ersatzweise könne der Toaster ja auch mit einem Elefanten-Gen versehen werden, dann würde er das Brot einfach mit seinem Rüssel auf den Teller legen."

Ich begann damit, eine Packung Cornflakes zu öffnen - eine Aktion, die mich zu neuen geistigen Höhenflügen animierte. „Wenn man den Cornflakes ein Schmetterlings-Gen zufügen würde, könnten sie zuerst in die Schüssel mit Milch und dann direkt in den Mund fliegen", posaunte ich. Das sei dummes Zeug, kritisierte mich meine Freundin. Viel besser wäre es, wenn man die Cornflakes mit einem Baum kreuzen würde, dann könne man sie einfach pflücken und müsse sie nicht kaufen.

Nini warf erneut einen Blick in die Zeitung. „Die Grünen wollen aus Klimaschutzgründen das Atmen verbieten", informierte sie mich. Ich überlegte kurz, ob ich ein derartiges Vorhaben als bedrohlich einstufen sollte, doch dann nahm ein ganz anderer Gedanke von mir Besitz. „Was kommt eigentlich dabei heraus", ließ ich der Tätigkeit meiner Großhirnrinde freien Lauf, „wenn man Claudia Roth mit einem Nilpferd, einem Känguru, einem Elefanten, einem Papagei und einem Glühwürmchen kreuzt?", fragte ich. Nini dachte kurz nach. „Ist doch klar", sagte sie, „ein Wesen, das in jede Talkshow und vor jedes Mikrofon hüpft, dort immer Blödsinn trompetet, dabei leuchtet, mit den Ohren wackelt und mühelos mehrere Eimer mit Tränen füllen kann sowie permanent betroffen ist", analysierte sie.

Wir waren uns beide einig, dass man die Gentechnik vielleicht doch nicht zu weit treiben sollte.

EU verbietet Vulkanen das Rauchen

Nachdem den Rauchern in immer mehr Bereichen die Zigarette ausgepustet worden ist, wird der Nichtraucherschutz jetzt auch in Spielfilmen mehr Raum einnehmen. Szenen, in denen rauchende Menschen zu sehen sind, sollen verschwinden und durch andere ersetzt werden, hat die EU festgelegt. Und wer könnte sich diesem Volkserziehungsvorhaben souveräner zuwenden als Dr. Habakuck Hanebüchen, EU-Kommissar für besondere Aufgaben.

Dr. Habakuck Hanebüchen ließ sich in seinen exquisiten Schreibtischstuhl fallen und fingerte nach den Fernbedienungen für den Fernseher und den DVD-Spieler. Schon nahten seine Mitstreiter, mit denen er es sich zur Aufgabe gemacht hatte, die Menschen vor sich selbst zu schützen. Ziel der Arbeitsgruppe war es, Filmszenen, in denen rauchende Menschen zu sehen sind, zu identifizieren, zu eliminieren und gegebenenfalls Alternativvorschläge zu kreieren.

Hanebüchen hatte sich zwei wahre Hochkaräter, quasi menschliche Zwölfender, als Mitstreiter eingeladen. Zunächst betrat Dr. Luzia-Agathe Schniepenfänger sein Büro. Schniepenfänger war Professorin für angewandte Humansoziologie unter besonderer Berücksichtigung von soziologisch-pathologischer Homöopathie-Semantik und Schwerpunkt auf psychosomatischer Kastrationspädagogik an der Universität Bonn. Außerdem beehrte Ludger-Marcel

Wiesenpieper, wissenschaftliche Aushilfskraft im Bereich Nichtraucherforschung und tabakbasierte Rauchsoziologie des Fachbereichs Politik der Universität Bremen, den Raum mit seiner Anwesenheit. Die drei Kapazitäten machten sich flugs ans Werk.

Zunächst richteten die Wissenschaftler und das Politikschwergewicht ihre Aufmerksamkeit auf die Westernserie „Rauchende Colts", eine Serie, an die selbst Greise nur eine schemenhafte Erinnerung ihr Eigen nennen, die aber ob ihres Namens den Unmut der drei hervorrief. „Die Serie muss in Europa verboten werden", forderte Schniepenfänger. „Sehr richtig", assistierte Hanebüchen, „es tut wirklich nicht not, dass Pistolen rauchen", fügte der Top-Politiker hinzu. „Die Wirkung von Tabakgenuss auf Schusswaffen ist zudem noch nicht hinreichend erforscht", stellte Wiesenpieper die Dreieinigkeit her. Bis auf Weiteres sollte die Serie „Kaffeetrinkende Gegenstände mit Explosivgeschossen" heißen.

Auch der Film „Viel Rauch um nichts" geriet in das Visier der drei Koryphäen. „Ich sehe keinen Sinn darin, dass um ein Nichts herumgeraucht wird", merkte Hanebüchen an. Wiesenpieper konnte ebenfalls eine Meinung aufsagen: „Es ist zudem nicht einzusehen, dass das Nichts mit Rauch belästigt wird. Der Nichtraucherschutz muss auch für das Nichts gelten." Nach solchen geistigen Glanzleistungen wollte auch die Professorin die Ergebnisse ihrer Gehirnzelle nicht verheimlichen. „Sollten wir den Nichtraucherschutz nicht auch auf Pflanzen und Tiere ausweiten?", fragte sie. „Es tut nicht not, dass in der Nähe eines Baumes oder eines Hundes geraucht wird." Hanebüchen, der sonst jedem politischen Schabernack mit großer Offenheit begegnete, wollte jedoch beim Thema bleiben und lenkte den Blick auf den Film „Casablanca", der nun über den Bildschirm flimmerte.

Der Hauptdarsteller, Humphrey Bogart, zündete sich nicht nur ununterbrochen Zigaretten an, er rauchte sie auch noch. Schniepenfänger verlieh ihrer Empörung Ausdruck. „Der inhaliert den Rauch ja", stieß sie aus. Wiesenpieper wendete sich angewidert ab, es war Hanebüchen vorbehalten, einen Vorschlag zur Entschärfung der Situation zu machen. „Wir werden das retuschieren. In der zukünftigen Version des Films wird der Hauptdarsteller zu einem Maracuja-Erdbeerjoghurt mit Himbeergeschmack greifen", verfügte er unter dem Nicken der beiden Gelehrten.

Auch beim Film „Der Herr der Ringe" hatten die Herrschaften geringfügige Änderungswünsche. Der Regisseur hatte einfach nicht sorgfältig gearbeitet, weil er seine Hauptfiguren Gandalf und Aragon gelegentlich zur Pfeife greifen ließ. Da die Idee, die Rauchutensilien durch Joghurt zu ersetzten, nicht überstrapaziert werden sollte, stellte Wiesenpieper einen völlig neuen Vorschlag zur Diskussion: „Wir schneiden einfach zwei Biber in den Film, die die Pfeifen wegknabbern", schlug er vor. Hanebüchen und Schniepenfänger erteilten ihre Zustimmung. Der EU-Kommissar telefonierte sofort mit Peter Jackson, dem Regisseur des Streifens. Nach ein paar

Minuten verkündete Hanebüchen stolz: „Der Regisseur will schon morgen mit einem Casting für die Biber beginnen. Er hat seinen Irrtum eingesehen und will öffentlich Selbstkritik üben."

Auf Anraten von Schniepenfänger widmeten sich die drei nun der Rezeption von „Terminator 2". Gleich zu Beginn des Streifens taucht ein Zigarre rauchender Hippie auf, der auf der Brust des Terminators eine brennende Zigarre ausdrückt – eine Handlung, die allgemein auf Missfallen stieß. „Warum nimmt der Mann nicht ein Messer?", empörte sich Wiesenpieper. Hanebüchen schlug vor, die Zigarre durch eine Käsestange zu ersetzen. Ein Vorschlag, der sich schnell allgemeiner Zustimmung erfreute. „Die Käsestange darf allerdings nur 18,24 Prozent Analogkäse, 24,89 Prozent doppelt gepresstes und mit Weizen angereichertes Weizenmehl unter Hinzugabe von maximal 3,25 Prozent Hefe, die an einem ungeraden Tag hinzugegeben wird, bestehen", forderte Hanebüchen. „Ich weiß zwar nicht, was er meint, aber ich finde es gut", flüsterte Schniepenfänger dem Bremer Wissenschaftler zu. Im weiteren Verlauf des Streifens fiel den drei auf, dass bei rasanten Verfolgungsjagden auch noch rauchende Autoreifen das Auge des Betrachters belästigten. Schniepenfänger rümpfte die Augenbrauen, eine Handlung, die bei ihren Mitstreitern höchste Bewunderung hervorrief. „Die rauchenden Reifen müssen verschwinden", beschied sie. „Richtig", bekam die Professorin Unterstützung von Hanebüchen. „Ich werde veranlassen, dass die Szenen neu gedreht werden – mit Bobbycars und Dreirädern. Die stoßen zudem weniger Kohlendioxid aus", konstatierte er.

Nun musste sich der Film „Dragonheart" dem Urteil des Gremiums stellen. Der in dem Streifen agierende Drache pflegt seine Leidenschaft, ab und zu mal ordentlich Feuer zu speien, wobei auch eine gewisse Rauchentwicklung leider unerlässlich ist. „Ist das Tier überhaupt schon 18 Jahre alt?", wollte Schniepenfänger wissen. Eine Frage, die bei Hanebüchen hektische Betriebsamkeit auslöste. Sofort tätigte er einen Anruf im EU-Drachenreferat, wo die Fachleute aber schon nach Hause gegangen waren. Auch in den Abteilungen „Drachenartige Wesen" sowie „Rauchende Tiere und Reptilien mit feuerähnlichen Fähigkeiten" war kein Ansprechpartner mehr ans Telefon zu bekommen. Hanebüchen versprach, das Alter des Drachens in Kürze in Erfahrung bringen zu wollen. „Apropos Drachen, wie wollen wir mit Talkshows umgehen, in denen Helmut Schmidt auftaucht und eine Zigarette nach der anderen raucht?", fragte Wiesenpieper. Da konnte Schniepenfänger mit einem praktikablen Vorschlag aufwarten. „In Zukunft darf er nicht mehr rauchen, sondern muss stattdessen Gurkensalat essen." Diese geniale Idee erfuhr durch Hanebüchen noch eine kleine Vervollkommnung. „Die Gurken müssen aber einen Krümmungsgrad zwischen mindestens 18,63 Grad und höchstens 19,56 Grad haben. Zudem müssen sie von Arbeiterinnen und Arbeitern geerntet worden sein, die zur Hälfte im Sternzeichen

Krebs, Hummer oder Speisegurke geboren sind. Außerdem müssen die Arbeiterinnen und Arbeiter in einem Monat geboren sein, der zu 5,75 Prozent Konsonanten vorweist." Schniepenfänger und Wiesenpieper drückten ihre Zustimmung aus.

Nachdem die drei die Welt ein Stückchen besser gemacht hatten, gaben sie sich der Entspannung hin. Schniepenfänger griff zu einem Kästchen, in dem sie ihren Vorrat an Koks aufbewahrte, Wiesenpieper drehte sich behände einen Joint, und Hanebüchen hielt seine Nase über eine Patextube. „Gut, dass wir Nichtraucher sind", sagte er unter dem beifälligen Nicken der anderen. „Und als nächstes verbieten wir in Natur-Dokumentationen den Vulkanen das Rauchen", fügte er hinzu.

Alte Bekannte, die wir noch nie gesehen haben

Ein Besuch im Restaurant kann nicht nur zu einem kulinarischen Genuss führen, sondern auch neue Erkenntnisse offenbaren. Wenn man Glück hat, trifft man alte Bekannte, die man noch nie zuvor gesehen hat. Meiner Freundin Nini und mir ist das kürzlich passiert – und es führte zu einer erfrischenden Diskussion.

Da wir unsere Küche nicht über Gebühr belasten wollen, entscheiden Nini und ich uns gelegentlich für einen Besuch in einem Restaurant. So ließen wir uns auch kürzlich wieder mal von dem dienstbeflissenen Ober an einen von uns reservierten Tisch geleiten. Kurz nachdem wir Platz genommen hatten, entdeckte Nini ein älteres Ehepaar am Nachbartisch. „Guck mal, das sind doch die Potomanskis", flüsterte sie mir zu. „Welche Potimkis?", fragte ich, nachdem ich meine Augen einen unauffälligen Blick in Richtung des Nachbartisches riskieren ließ.

„Na, die Potomanskis, die wir damals bei der Wochenend-Busreise nach Johannesburg in Südafrika kennengelernt haben."

„Nein, niemals", entgegnete ich. „Doch", beharrte Nini. „Die Frau hat uns doch von ihrem Pekinesen erzählt, der an Schnappatmung und Hämorrhoiden litt, aber trotzdem den New York-Marathon gewonnen hatte. Außerdem hatte es das Tier doch noch mit den Drüsen."

Mittlerweile war der Kellner an unseren Tisch gekommen, um nach unserem Begehr zu fragen. Wir mussten ihn jedoch wieder wegschicken, denn schließlich waren wesentliche Dinge noch nicht geklärt. „Was war mit den Drüsen?", frage ich. „Na, die Drüsen von dem Hund, die waren doch so angeschwollen, dass das Tier so groß war, dass es sogar vom Weltraum aus zu sehen war, wie Frau Potomanski sagte."

„Das sind aber nicht die Potomanskis am Nebentisch", flüsterte ich lautstark. „Doch", ließ sich Nini nicht aus der Ruhe bringen. Den Ober, der frecherweise abermals an unserem Tisch aufgetaucht war, mussten wir erneut wegschicken, denn zunächst musste die Potomanski-Problematik geklärt werden. „Der Mann hat uns doch damals erzählt, dass er nebenberuflich Kakteen akkupunktiert und sich später als Spion selbstständig gemacht hat. Außerdem hatte er doch in seinem Auto internetfähige und beheizbare Fensterheber, wie er sagte", hob die schönste Frau diesseits des Universums erneut an. „Ja", sagte ich, „aber trotzdem sind das am Nebentisch nicht die Leute von damals."

„Doch, sie sind es. Du musst sie doch wiedererkennen. Erinnerst Du Dich noch, wie Frau Potomanski uns von ihrem Sohn erzählt hat? Er war doch erst Testschläfer in einer Matratzenfabrik, bevor er ein Studium zum Halbtagshilfsfliesenverleger absolvierte. Und sie hatte doch damals einen Sandhandel in der Sahara aufgemacht und später einen Skilift im Wattenmeer betrieben." Ich registrierte, dass meine

Geduld sich auf einem konsequenten Rückzug befand. Dem Kellner, der sich uns erneut näherte, signalisierte ich mit einer in seine Richtung geworfenen Speisekarte, dass seine Ankunft bei uns immer noch unerwünscht war. Der gute Mann verstand das Zeichen und entfernte sich unauffällig.

„Das sind nie und nimmer die Leute von damals. Jetzt geh' bitte an den Nachbartisch und frage die Herrschaften, ob sie auf den schönen Namen Potomanski hören", zischte ich. „Nur, wenn Du mitkommst", erwiderte Nini. Und so geschah es, dass wir beide zum Nachbartisch pilgerten. „Entschuldigen Sie, sind Sie nicht die Potomanskis? Wir haben uns doch damals auf der Fahrt nach Johannesburg kennengelernt", fragte Nini. „Nein, wir sind die Krachowiaks, und in Griechenland waren wir noch nie", antwortete der Mann. „Siehst Du", trompetete Nini und wandte sich zu mir, „ich habe Dir doch gleich gesagt, dass es nicht die Potomanskis sind. Aber Du wolltest es ja nicht glauben."

Die Kümmerindustrie auf der Suche nach Kunden

In Deutschland wird niemand alleine gelassen. Unzählige Beratungseinrichtungen und andere Institutionen kümmern sich liebevoll um jeden Bürger, sodass der sein Hirn nicht mehr in Anspruch nehmen muss. Auf dem Frauengesundheitsportal, das von der Bundeszentrale für gesundheitliche Aufklärung betrieben wird, können sich Frauen zum Beispiel darüber informieren, was ein Schnupfen ist und wie er sich ankündigt. Außerdem wird dargestellt, dass es wichtig sei, sich die Hände zu waschen, um sich vor Infektionen zu schützen. Den Betrieb dieses Internetportals darf freundlicherweise der Steuerzahler finanzieren. Böse Zungen sprechen schon von der Kümmerindustrie. Aber auch in diesem Industriezweig geht es um Angebot und Nachfrage – letztere lässt manchmal zu wünschen übrig, sodass die Kümmerindustrie neue Märkte erschließen muss.

Im Koordinationsrat des Sozialfachdienstes der Gemeinde Knörtzheim machte sich Ratlosigkeit breit. Gerade hatte Lothar Liebetanz, Vorsitzender des örtlichen Hospizvereins, seine Sorgen dargelegt. „Unseren Verein gibt es schon seit vier Jahren, aber wir haben noch keinen einzigen Sterbenden begleitet, weil es mittlerweile zu viele Hospizvereine gibt", legte er dar. Die Konkurrenz sei einfach zu groß.

Gesine Finkenbart-Grunzbach, die als Leiterin des Fachdienstes Beratungen und beratende Beratungen in der Gemeindeverwaltung den Vorsitz des Rates übernommen hatte, versuchte, das Problem zu lösen. „Könnte man den Hospizvereinen nicht die Sterbenden zuweisen und Quoten vereinbaren?", fragte sie. „Und könnte man obendrein bei den Sterbenden nicht auch gleich eine Frauenquote einführen?", schob sie nach. Liebetanz schüttelte den Kopf. Er habe mit den anderen Vereinen verhandelt, doch die hätten ihre Sterbenden nicht abgeben wollen. „Und Frauen weigern sich in letzter Zeit, zu sterben", fügte er hinzu. Deshalb seien Mitglieder seines Vereins nun dazu übergegangen, im Straßenverkehr vermehrt Fußgänger anzufahren. Auch über den Einsatz von Gift werde nachgedacht.

Finkenbart-Grunzbach zeigte sich über das Engagement des Vereins erfreut und wendete sich weiteren Problemen zu. Da gab es nämlich noch den Tafel-Verein, der Hartz-IV-Empfänger mit Lebensmitteln versorgen wollte. In Knörtzheim herrschte jedoch nahezu Vollbeschäftigung, sodass der Verein auf seinen Lebensmitteln sitzenblieb, was als äußerst ärgerlich empfunden wurde. Doch auch der Tafel-Verein arbeitete an einer Lösung des Problems. „Unsere Mitglieder brechen jetzt bei Menschen ein und stehlen ihnen die Lebensmittel", erklärte der Vereinsvorsitzende Konstantin von Grüselwurz. Überdies wolle er bei den örtlichen Firmen darauf hinwirken, dass selbige vermehrt Angestellte entlassen. „Wollen wir doch mal sehen, ob wir nicht doch noch ein paar Leute zu unserer Lebensmittelausgabe bekommen", zeigte sich von Grüselwurz zuversichtlich. Auch dieses geschickte Vorgehen wurde mit einem Lob von Finkenbart-Grunzbach bedacht.

Von größeren Problemen wusste dagegen Renate Frühschwalbe von der „Niedrigschwelligen sozialräumlichen Beratungsstelle für Mädchen im Alter von elf bis elfeinhalb Jahren mit und ohne Migrationshintergrund" zu berichten. In den letzten drei Jahren habe gerade mal ein Mädchen den Weg in die Beratungsstelle gefunden. „Und das Kind wollte lediglich auf die Toilette", erklärte Frühschwalbe. Trotzdem sei es natürlich nach dem Toilettengang mehrere Stunden beraten worden. „Aber als ich dann kurz wegschaute, lief das Kind weg."

Eine tiefe Trauer ob dieser Verhältnisse ergriff Finkenbart-Grunzbach, die aber trotzdem einen Lösungsvorschlag präsentieren konnte. „Wir werden in Zukunft Mädchen, die sich in einem Umkreis von 50 Metern um die Beratungsstelle aufhalten, so lange verprügeln, bis sie die Beratungsstelle aufsuchen – natürlich werden wir dabei sehr sensibel vorgehen", kündigte sie an. Frühschwalbe zeigte sich hocherfreut über diesen konstruktiven Vorschlag. „Dann können sie im Anschluss auch noch gleich in die ‚Beratungsstelle für Mädchen im Alter von elf bis elfeinhalb Jahren mit und ohne Migrationshintergrund und mit Gewalterfahrung' gehen", jubelte sie. „Und wenn wir sie dort ein halbes Jahr beraten, können die Mädchen gleich eine Tür weiter zur ‚Beratungsstelle für Mädchen im Alter ab zwölf Jahren mit und ohne Migrationshintergrund aber mit Gewalt- und Beratungserfahrung' gehen", fügte Frühschwalbe zufrieden hinzu.

Nun war auch Antonia Tempomacher der Ansicht, dass die Zeit gekommen war, das Wort zu ergreifen. „Ich möchte zu bedenken geben, dass unsere ‚Beratungsstelle für Menschen mit Erkältungen, Taschentuchbedarf und Fußpilz' nur äußerst selten von Beratungswilligen aufgesucht wird. Dabei haben wir speziell ausgebildete Beraterinnen und Berater, die mühelos in der Lage sind, ein Taschentuch von einem Fußpilz zu unterscheiden – sogar, wenn sie erkältet sind", warb Tempomacher für ihre Einrichtung. Auch Ambrosius Bierwagen warf sich noch flugs für sein Beratungsangebot in die Bresche. „Unsere ‚Beratungsstelle für Menschen mit mangelnden Kenntnissen im Sich-die Hose-zumachen wurde in den letzten 28 Jahren nicht ein einziges Mal frequentiert", stellte Bierwagen fest. „Und das, obwohl wir 17 qualifizierte Berater haben, die im Rahmen einer mehrjährigen Ausbildung gelernt haben, wie man sich eine Hose anzieht und auch zumacht", schloss er. Auch die Leiterinnen und Leiter der Beratungsstellen für Menschen mit Essensbedarf, Wohnbedarf, Sexualbedarf, Transgenderbedarf und Lebensbedarf bemängelten die teilweise schlechte bis gar nicht vorhandene Auslastung ihrer Institutionen.

Finkenbart-Grunzbach hatte sich fleißig Notizen gemacht, eine Tätigkeit, die sie perfekt beherrschte und für ihre verantwortungsvolle Tätigkeit auch qualifizierte. Nachdem sie mehrere DIN-A-4-Seiten mit ihrer Handschrift verziert hatte, ergriff sie das Wort. „Wir werden eine Gesetzesänderung in die Wege leiten. Zukünftig werden die Bürgerinnen und Bürger verpflichtet, sich einmal im Jahr in irgendeiner Angelegenheit beraten zu lassen", sprach sie unter dem Beifall ihrer verzückten Zuhörer. „Damit auch wirklich alle Bürgerinnen und Bürger erreicht werden, werden wir bald eine ‚Beratungsstelle für Menschen ohne Probleme und Beratungsbedarf' einrichten", tat sie ihre Gedanken weiter kund. Die Leiterinnen und Leiter der Beratungsstellen bezeugten einhellig ihre Zustimmung zu dem Vorhaben, einige ließen es sich nicht nehmen, Finkenbart-Grunzbach die Füße zu küssen.

Nach der nervenaufreibenden Sitzung gönnte sich Finkenbart-Grunzbach eine Entspannung. Sie besuchte die „Beratungsstelle für Menschen mit Beratungsstellenkompetenz und Verwaltungserfahrung im Alter zwischen dreieinhalb und 86 Jahren mit und ohne Migrationshintergrund und Taschentuchbenutzungserfahrung". Und siehe da, diese Beratung inspirierte sie zu einer weiteren Beratungsstelle – „Beratungsstelle für Männer kurz vor der Trennung, vor der Trennung, nach der Trennung und zehn Jahre nach der Trennung sowie „Beratungsstelle für lesbische Menschen und Menschinnen mit migrantischem Hintergrund, die aus der südwestlichen Türkei kommen und eine bipolare Sexualität ablehnen und sich für Transgenderismus interessieren".

Das Internet ist nicht da

Das Internet ist heutzutage kaum noch aus dem täglichen Leben wegzudenken. Auch im Urlaub erwarten die Menschen eine Verbindung zum weltweiten Netz. Meine Freundin Nini kann in den Ferien gut darauf verzichten, ich nicht – was zu erstaunlichen Vorkommnissen führte.

Ein kleiner Ort im Harz sollte in diesem Sommer die Kulisse für unseren Urlaub darstellen. „Leider funktioniert das WLAN und somit das Internet zurzeit nicht", informierte uns der Vermieter unserer Ferienwohnung, bevor er aus selbiger stapfte und uns unserem Schicksal überließ. Mein Laptop war also überflüssig, ein Smartphone nannte ich leider nicht mein Eigen. „Deine Mundwinkel haben gerade in Rekordgeschwindigkeit den Tiefstpunkt erreicht", frotzelte Nini in meine Richtung. „Sie gehen jetzt eine innige Liaison mit Deinen Füßen ein", vergaß sie nicht, lächelnd hinzuzufügen.

Ich gebe gerne zu, dass ich in den vergangenen Jahren sehr internetaffin geworden bin. Als ich kürzlich nach meinem Nachnamen gefragt wurde, fiel er mir nicht gleich ein, aber nach einem Blick ins Internet bei Facebook wusste ich schlagartig wieder, wie ich heiße. Auf die gleiche Art und Weise finde ich auch immer heraus, was für ein Auto ich fahre und welche Frisur ich gerade mein Eigen nenne. Kurzum, das Internet entlastet mein Gehirn, sodass dort Platz für die wirklich wichtigen Dinge des Lebens bleibt –

zum Beispiel dafür, wie viel Stacheln ein durchschnittlicher europäischer Igel hat, wie oft sich Michael Jackson in seinen Videos in den Schritt gefasst hat oder wie eigentlich die eigene Freundin heißen könnte.

Der erste Anlaufpunkt am nächsten Tag war die Kurverwaltung, wo ich in Erfahrung bringen wollte, ob es ein öffentliches WLAN-Angebot oder eine andere Möglichkeit gab, ins Internet zu kommen. Die Antwort: nein. Ich war erschüttert. „Sogar auf den Nordsee-Inseln gibt es Internet-Terminals", empörte ich mich gegenüber Nini, von der bereits eine urlaubliche Gelassenheit Besitz ergriffen hatte, aus der heraus sie mir riet, dann doch eben kurz dorthin zu fahren, um dem Internet einen Besuch abzustatten. Ein Vorschlag, dem ich meine vollste Missachtung zukommen ließ.

Ich sah es jedoch nicht ein, mir wegen des fehlenden Internets den Urlaub verderben zu lassen. Jeden Abend überfiel mich ein unglaublicher Wissensdurst, den ich jedoch mangels Internet nicht löschen konnte. Also bat ich telefonisch meinen alten Freund Matze für mich ein paar Dinge im Internet nachzusehen. Wie viele Einbahnstraßen mit einer Breite zwischen 2,69 Meter und 3,07 Meter gibt es im westlichen Nordbayern? Können Schnecken an ungeraden Tagen schneller kriechen als an geraden Tagen? Wie viele Hunde mit Darmgrippe und temporärer Blasenschwäche waren am 17. März 1957 in New York gemeldet und warum? Wie groß war die weltweite Stoffhandschuh-Produktion mit grün-gelb geringeltem Zopfmuster im Jahr 1937? Fragen, die unbedingt einer Antwort bedurften.

Matze, der mich in Sachen Internetaffinität weit übertraf und sogar schon in Erwägung gezogen hatte, sich selbst einzuscannen, um fortan ausschließlich ein Dasein in der digitalen Welt zu führen, leistete ganze Arbeit und schickte mir die Antworten auf meine Fragen ausgedruckt per Post zu. Da das Internet bekanntlich viele Antworten auf wenige Fragen kennt, kamen in den nächsten Tagen etwa 38 Kartons mit Ausdrucken an.

Da die Zusammenarbeit mit Matze reibungslos funktionierte, beauftragte ich ihn mit weiteren Internet-Rechercheaufgaben. Führt die Hüpferei einer Kängurumutter zum Unwohlsein des Nachwuchses, der sein Dasein im Beutel selbiger fristet, und ist die Wohnungseinrichtung für die lieben Kleinen überhaupt angemessen? Warum hat die EU noch kein Recht auf ein Schneckenhaus für Nacktschnecken festgeschrieben? Fühlen sich Zwergkaninchen durch diese Namensgebung diskriminiert? Sollte man nicht lieber von „Kaninchen mit vertikalen Benachteiligungen" sprechen? Wie ist der Stand der Diskussion in den einschlägigen Foren? Und können fleischfressende Pflanzen zu Vegetariern umerzogen werden?

Matze erledigte seine Arbeit reibungslos und äußerst vorbildlich. Schon ein Tag später kamen 55 weitere Kartons mit Ausdrucken an, am folgenden Tag brachte der Paketbote weitere 183. Die örtliche Post hatte vorsichtshalber etwa 30 neue Mitarbeiter eingestellt, und unser Vermieter dachte darüber nach, einen Fahrstuhl zu unserer Wohnung einzurichten. Erste Angebote von Baufirmen hatte er bereits eingeholt, einige Firmen waren schon mit ihren Autos und Material angerückt.

Nachdem ich auf diese kreative Art und Weise den Ausfall des Internets partiell kompensiert hatte, ging ich einen konsequenten Schritt weiter: Ich erledigte meine gesamten Facebook-Postings, die ich in der Regel stündlich vornahm, mittels Postkarte. Anfangs hatte ich mit Nini noch mal ein paar Ausflüge in die nähere Umgebung gemacht, wobei ich den Laptop wie eine Monstranz vor mir hertrug, um eventuelle ungesicherte WLAN zu lokalisieren. Nini ging derweil rund 20 Meter hinter mir und hatte sich eine Papiertüte über den Kopf gestülpt, um keinesfalls mit mir in Verbindung gebracht zu werden. Später verzichteten wir auf diese erfrischenden Spaziergänge, einerseits, weil ich kein WLAN ausfindig machen konnte, andererseits, weil Nini die Papiertüten ausgegangen waren. Die dadurch ersparte Zeit nutzte ich, um meine Postings per Postkarte viertelstündlich rauszuschicken.

Mittlerweile hatten die Bauarbeiten in unserer Ferienwohnung begonnen. Wir bekamen einen Fahrstuhl sowie vier weitere Räume angebaut, um die immer weiter eintreffenden Kartons mit Ausdrucken nach oben zu transportieren und lagern zu können. Für die Mitarbeiter der Baufirmen wurden zudem neue Unterkünfte gebaut, auch bei den Zulieferbetrieben entstanden zahlreiche neue Arbeitsplätze. Um mich von dem durch die Bauarbeiten entstandenen Lärm abzulenken, ging ich dazu über, meine Facebook-Gemeinde alle fünf Minuten mittels Postkarte mit meinen Postings zu beglücken, woraufhin die Post weitere 157 neue Mitarbeiter auf die Lohnliste setzte. Mittlerweile waren in der Umgebung unserer Wohnung heimelige Gaststätten, drei weitere Postfilialen, ein Paket- und Briefverteilzentrum sowie ein mittelgroßer Supermarkt und ein Kino entstanden. Die örtliche Postkartenindustrie schob Sonderschichten, jedoch fanden die Hersteller keine neuen Motive mehr, sodass es nur noch Karten gab, die das neue Paket- und Postverteilungszentrum sowie mich beim Schreiben von Postkarten vor dem Paket- und Postverteilungszentrum zeigten.

Nun war es an der Zeit, neue Aktivitäten einzuleiten: Ich liebe es, mittels einer Webcam auf der Nordseeinsel Borkum nachzuschauen, wie sich gerade das Wettergeschehen gestaltet. Aber eine Webcam entzog sich bedauerlicherweise meinem Zugriff, weshalb ich viertelstündlich beim Hotel „Zum Strandhüpfer" an der Strandpromenade, welches eine Webcam in Betrieb hatte, anrief, um mich auf dem Laufenden halten zu lassen – auch nachts. Für mich völlig unverständlich, wurde dort nach zwei Tagen nicht mehr abgenommen. Ich ließ mich davon aber nicht ins Bockshorn jagen und richtete meine Anfragen per Postkarte an das renommierte Hotel, und zwar im minütlichen Abstand. Insgesamt summierten sich die Portokosten innerhalb kürzester Zeit auf rund 2700 Euro, eine Summe, die ich als durchaus angemessen empfand.

„Ich finde es sehr anerkennenswert, dass Du auch mal auf das Internet verzichten kannst und den herkömmlichen Weg der Kommunikation beschreitest", ließ mir Nini ein Lob angedeihen. Gleichzeitig stellte sie die Frage in den Raum, ob es nicht sinnvoller wäre, vielleicht ein Smartphone anzuschaffen, mit dem man jederzeit und überall problemlos ins Internet gehen könne. „Es gibt schon welche ab 150 Euro", informierte mich die hübscheste Frau diesseits des Universums. Ich setzte sie davon in Kenntnis, dass mir das eindeutig zu teuer sei.

Unser Urlaub neigte sich dem Ende zu, Nini packe unsere Sachen, ich verlud die zahlreichen Kartons in einen Sonderzug, den die Bahn freundlicherweise für kaum erwähnenswerte 20 594 Euro zuzüglich Mehrwertsteuer zur Verfügung gestellt hatte.

Einige Wochen später warf ich einen Blick auf die Homepage unseres Urlaubsortes – dort hatte sich seit unserer Abreise einiges getan: Das Paket- und Postverteilungszentrum war mangels Auslastung geschlossen worden, die Mitarbeiter fanden sich in der Arbeitslosigkeit wieder, Restaurants, das Kino und Supermärkte gehörten ebenfalls der Vergangenheit an. Die Arbeitslosigkeit in dem Ort war auf 98 Prozent gestiegen. Der Bürgermeister hatte angekündigt, den Ort komplett abzureißen und „in der Nähe von diesem internetverrücktem Kerl" wieder aufbauen zu wollen. Nach einem Blick auf die Internetseite von Borkum musste ich zudem feststellen,

dass das Hotel „Zum Strandhüpfer" Konkurs angemeldet hatte, weil niemand mehr das Telefon abgenommen habe und telefonische Buchungen deshalb nicht mehr möglich gewesen seien.
Ein paar Tage später fiel bei uns zu Hause das Internet aus und ließ sich auch nicht wieder sehen.
Flugs aktivierte ich meine im Urlaub erlernten Ver-
haltensweisen. Im Nu boomte die Wirtschaft in unserem Stadtteil – und die Deutsche Bahn versprach,
einen Gleisanschluss zu unserem Wohnzimmer zu
legen.

Rauchfreier Kindergarten

In Deutschland geht man mehr und mehr dazu über, Selbstverständlichkeiten als etwas Besonderes hervorzuheben. In den 80er-Jahren erklärten sich beispielsweise Kirchengemeinden zur „Atomwaffenfreien Zone", obgleich kein Mensch das Ansinnen hatte, dort eine Nuklearwaffe stationieren zu wollen. Heute jedoch sind wir schon viel weiter.

Beim Lustwandeln durch die Nachbarschaft fiel mein Blick kürzlich auf die Eingangstür eines Kindergartens. Dort hatten die fleißigen Kindergärtnerinnen ein Schild aufgehängt, auf dem „Rauchfreier Kindergarten" zu lesen war. Ich hatte bisher immer die Ansicht vertreten, dass es ganz normal ist, dass die kleinen Racker zum Rauchen gefälligst vor die Tür zu gehen haben. Auch ist es den Kindergärtnerinnen selbstredend nicht zuzumuten, ständig mit Aschenbechern und Feuerzeugen hinter dem Nachwuchs herzulaufen. In was für einem Land leben wir eigentlich; wie konnte es so weit kommen, dass Eltern ihren Kindern nicht mal mehr beibringen können, wo geraucht werden darf und wo nicht? Erschüttert wendete ich mich ab und lenkte meine Schritte in eine andere Richtung.

Der Zufall wollte es, dass ich an einem ganz besonderen Gebäude vorbeikam. „Bahnhof mit Zugverkehr" war über dem Eingang zu lesen. Da ich gerade nicht Besseres zu tun hatte, setzte ich meinen Fuß in dieses Wunderwerk und kaufte mir in einem dort angesiedelten Zeitungshandel mit Zeitungen eine Zeitung mit Texten. Selbige rezipierte ich auf einem Bahnsteig mit Gleisen. Dort wurde ich einer Lokomotive ansichtig, auf der „Lokomotiven gegen Menschenhandel" zu lesen war. Auch diese Aussage war für mich einsichtig, da die Bahn ja nicht mit Menschen handelt, sondern nur versucht, sie gelegentlich von A nach B zu bringen. Als ich der Zeitung überdrüssig geworden war, schlenderte ich wieder nach draußen, vorbei an einem Fahrkartenautomaten mit Fahrkarten.

Nachdem ich mich in einer Post („Filiale mit Briefmarken") mit Postwertzeichen eingedeckt hatte, passierte ich eine Tankstelle („Benzin und Diesel sind da") sowie einen Händler, der sein Geld mit dem Verkauf von Kraftfahrtzeugen verdiente („Autohaus mit Autos"). Langsam ermächtigte sich eine gewisse Ermattung meiner, sodass ich es vorzog, Erquickung in einem Restaurant zu suchen. Ein dienstbeflissener Ober offerierte mir die Speisekarte die dankenswerterweise mit „Speisekarte mit Speisen und Getränken" überschrieben war. Ich entschied mich für einen „Schweinebraten mit Fleisch" sowie für einen „Orangensaft aus Orangen" und ließ es mir munden. Nach dem Essen suchte ich einen Raum auf, über dessen Eingang „Toiletten mit Toiletten" in weißen Lettern geschrieben stand. Auf dem Klopapier war das eindrucksvolle Motto „Klopapier gegen Rassismus und Sexismus" zu lesen. Ein Slogan, den ich sofort verstand, da sich das Papier eben entschieden hatte, sowohl für Hinterinnen und Hintern mit als auch für Hinterinnen und Hintern ohne Migrationshintergrund zur Verfügung zu stehen. Ein löbliches Vorhaben, wie ich fand. Ich wusch mir die Hände unter einem „Wasserhahn mit Wasser" und kehrte zum trauten Heim zurück.

Am nächsten Tag stattete ich dem örtlichen Zoo einen Besuch ab. Am Zaun eines Geheges entdeckte ich ein Hinweisschild, welches bei mir nun kein Erstaunen mehr hervorrufen konnte: „Rauchfreies Nilpferdbecken".

„Bitte lassen Sie mich Kunde werden"

Deutschland wird oft als Servicewüste bezeichnet. Ich kann dieser Klassifizierung nichts abgewinnen – im Gegenteil. Teilweise wird in unserem Land ein Service angeboten, der einen zu völlig neuen Erkenntnissen führt und obendrein noch körperliche Höchstleistungen abverlangt – obwohl man doch eigentlich nur den Telefonanbieter wechseln wollte.

„DSL-100.000-Internet- und Telefonflatrate für nur 25,95 Euro – wechseln Sie jetzt", las meine Freundin Nini beim Frühstück einen Anzeigentext aus der Zeitung vor. „Warum haben wir kein DSL-100.000-Internet?", führte sie weiter aus, ließ die Zeitung sinken und richtete ihre himmelblauen Augen auf mich. „Und was steht im Kleingedruckten?", fragte ich. „Sei doch nicht immer so misstrauisch", wies sie mich zurecht, um dann einige Auszüge aus den Fußnoten zum Besten zu geben. „Angebot gilt nur bis 31.7. Anmeldemöglichkeiten sind an ungeraden Tagen, deren Buchstabenanzahl nicht höher ist als sieben und deren Quersumme sich negativ zum Quadrat der Wurzel aus der Buchstabenanzahl des jeweiligen Monats verhält, möglich. Angebot gilt nur für Neukunden, die in den letzten 24 Monaten nicht mal ansatzweise auf die Idee gekommen wären, überhaupt bei uns Kunde zu werden und die in einem Monat geboren wurden, dessen Konsonantenanzahl sich proportional zur Vokalanzahl der

Adresse verhält. Es ist also alles ganz einfach", fügte sie mit Nachdruck hinzu und legte mir wieselflink das Gerät für auditiv-orale Kommunikation, vom Normalsterblichen auch Telefon genannt, auf den Tisch, auf dass ich bei dem Unternehmen anriefe, damit wir den Status eines Kunden erlangen könnten.

Nach nur zehnmaligem Klingeln erreichte ich einen der kompetenten Mitarbeiter des Telefonanbieters und trug meinen Wunsch vor, Kunde werden zu dürfen. „Das freut uns", schallte es mir aus dem Hörer entgegen. „Kennen Sie schon unsere Internet-Power-Speed-Rabatt-Aktion?" Zerknirscht musste ich zugeben, dass mir dieses Detail bisher entgangen war. „Macht nichts", so der Kompetenzvortäuscher. „Gehen Sie einfach auf unsere Internetseite, klicken Sie auf Internet-Power-Speed-Rabatt-Aktion, dann auf ‚Übersicht', dann auf ‚New very later', dann auf ‚New later', dann auf ‚New now', dann auf ‚What is new', dann auf ‚New very now' und dann auf ‚New-Internet-Power-Rabatt-Aktion'. Dort können Sie sehen, ob unser Angebot überhaupt in Ihrem Wohngebiet verfügbar ist und es dann bestellen. Wenn Sie online bestellen, sparen Sie 5,48 Euro der Anschlussgebühr und bekommen obendrein noch einen Gutschein für eine Tüte Gummibärchen in diversen Farben", legte mein Gesprächspartner dar. „Siehst Du", stellte Nini fest, „Es ist alles ganz einfach, und wir sparen sogar noch Geld dabei."

Keine drei Stunden später hatte ich mich auf der Internetseite des serviceorientierten Telefonanbieters zu dem Punkt geklickt, der Aufschluss darüber geben sollte, ob das Angebot überhaupt in unserer Straße verfügbar ist. Ergebnis: keins. Unsere Straße, die inmitten von Bremen liegt, tauchte überhaupt nicht auf. Also stand ein erneuter Anruf in der kundenorientierten Servicezentrale des Anbieters auf dem Ablaufplan. Ich schilderte mein Anliegen und erntete ein „Ja, das stimmt", von dem menschgewordenen Service-Panzer am anderen Ende der Leitung. „Wir prüfen gerade, ob wir unser Angebot eigentlich in Ihrer Straße realisieren können. Aber wahrscheinlich wird das der Fall sein. Sie können es auf jeden Fall im Internet bestellen." Mein bescheidener Hinweis darauf, dass die Antwort gewisse logische Schwächen beinhalte, ließ er nicht gelten. „Nein, bestellen Sie es einfach. Und denken Sie an die Gummibärchen", sagte er. Ein erneuter Blick auf die Internetseite offenbarte, dass es dort keine Möglichkeit zum Bestellen gab. Ich beschloss, mich zu einem späteren Zeitpunkt mit dem Thema weiter zu befassen und ging zu Bett. Des Nachts träumte ich von grün-gelb karierten Gummibärchen, die mit einem Telefon in der Hand über eine Computertastatur hopsten.

Der nächste Tag begann mit strahlendem Sonnenschein und einem erneuten Anruf beim Serviceteam des Telefonanbieters. Nach einem dreistündigen Aufenthalt in der Warteschleife gelang es mir, einen der gewohnt serviceorientierten Mitarbeiter sprechen zu dürfen. Ich schilderte dem guten Mann mein Problem und bat darum, dass er mir einfach einen Anmeldebogen zuschickt, ein Ansinnen, das jedoch nicht auf die erhoffte Resonanz stieß. „Nein, Herr Tönnishoff, dann würde ich Sie ja um den Rabatt bringen, den Sie bei der Buchung übers Internet bekommen würden", belehrte er mich. „Aber ich kann doch im Internet gar nicht buchen", schluchzte ich, während Nini einen Zehn-Liter-Eimer zum Auffangen meiner Tränen auf dem Boden postierte. Ich solle einfach noch ein wenig abwarten, dann werde es schon gehen, riet mir die Servicebombe und legte auf. „Aller Anfang ist schwer, aber nachher wird es ganz einfach sein. Du wirst schon sehen", hörte ich Ninis Stimme dicht an meinem Ohr.

Nachmittags zog ich mich zur Meditation zurück. Stimmte etwas nicht mit der Buchstabenanzahl meiner Adresse? Und wenn ja, konnte die Internetseite das erkennen? War ich vielleicht an eine außerirdische Organisation geraten? Oder wollte die Firma einfach nur intelligente Kunden? Sollte ich vielleicht mein Abitur- und mein Diplomzeugnis sowie die Ausbildungszeugnisse beglaubigen lassen und damit zu einer Filiale des Telefonanbieters gehen und dort meinen Wunsch, Kunde werden zu dürfen, persönlich vorbringen? Tatsache war, dass ich eine schnelle Lösung des Problems herbeiführen musste, denn durch meine Bemühungen, endlich Kunde werden zu dürfen, kam ich nicht mehr zum Essen, war bereits merklich abgemagert und sah mich mit dem einen oder anderen Schwächeanfall konfrontiert. Außerdem lief die Anmeldefrist ab.

Am nächsten Tag nahm ich meine gesamten Zeugnisse und wurde zwecks Beglaubigung derselben bei einem Notar vorstellig. „Ach, Sie wollen auch den Telefonanbieter wechseln?", sagte er nach einem Blick in meine tränenverquollenen Augen und setzte wohlwollend seine Unterschrift unter die Formulare. Er selbst habe vor über fünf Jahren einen Wechsel versucht. Vergeblich. Bis heute habe er an diversen Voodoo-Ritualen, Buchstabenseminaren und Re-Inkarnationsworkshops teilgenommen, weil er dachte, dass das seinen Wunsch, Kunde werden zu dürfen, positiv beeinflussen würde. „Nächste Woche habe ich einen neuen Vorstellungstermin bei dem Anbieter. Vielleicht klappt es ja", gab er seiner Hoffnung Ausdruck.

Ich hingegen wankte zur Filiale des Anbieters meines Vertrauens. Nach einem Schwächeanfall war ich nur noch des Kriechens mächtig. Ein Anruf von Nini („Gib nicht auf, nun wird es bestimmt ganz einfach sein") gab mir weitere Kraft, sodass ich die Schwelle des Geschäfts auf allen Vieren robbend passierte. Eine gütige Mitarbeiterin sah auf mich herab und nahm sich meiner an, sie labte mich mit Wasser und fragte, was mein Begehr sei. „Kunde", röchelte ich. „Ich möchte gerne Kunde bei Ihnen werden. Bitte, bitte, bitte lassen Sie mich Kunde werden." Sie tätschelte mitfühlend meinen Kopf und schenkte mir ein mildes Lächeln, während sie mir die beglaubigten Zeugniskopien aus der Hand nahm. „Ich verstehe Ihren Wunsch", sagte sie. „Unser Mitarbeiter, der Ihre Bitte entgegen nehmen kann, ist zurzeit in unserer anderen Filiale an der Sögestraße. Bitte kriechen Sie doch dahin, dann wird Ihr Wunsch vielleicht in Erfüllung gehen", parlierte sie, blätterte kurz meine Zeugnisse durch und gab sie mir zurück.

Mein neues Ziel war nur drei Kilometer entfernt. Routiniert und souverän robbte ich durch die Fußgängerzone. Einige Passanten steckten mir Brot zu, ein Obdachloser („Sie wollen bestimmt den Anbieter wechseln. Das habe ich auch mal probiert. Es hat so viel Zeit gekostet, dass ich nicht mehr arbeiten konnte, deshalb konnte ich meine Miete nicht mehr zahlen und lebe heute auf der Straße") drückte mir einen Becher mit warmer Suppe in die Hand. Kurz vor meinem Ziel hörte ich noch, wie ein Kind „Guck mal, der will den Anbieter wechseln" zu seiner Mutter sagte. Nachdem ich die Filiale erreicht und den Boden mehrmals geküsst hatte, senkte sich ein grauer Schleier über mein Bewusstsein, und die Ohnmacht nahm mich in Empfang. Während kurzzeitiger lichter Momente, die sich im Folgenden einstellten, sah ich mich selbst Unmengen von Formularen unterschreiben.

Nach vier Tagen verließ mich die Dunkelheit, und das Licht trat wieder in mein Leben. Ich schlug die Augen auf und fand mich in unserer Wohnung wieder – zusammen mit Nini, die sich geschickt zwischen 13 Kühlschränken, 56 Toastern, und einem Fön hindurch schlängelte. „Oh, Weib", fragte ich. „Was ist passiert?". Nini erklärte die Situation. „Du bist aus Versehen in das Geschäft eines Elektrohändlers gekrochen und hast dort zahllose Kaufverträge unterschrieben." Bevor mir wieder schwarz vor Augen wurde, hörte ich sie noch sagen: „Aber die Kühlschränke haben alle einen Internetanschluss, die Toaster können auch Faxe empfangen, und mit dem Fön kann man telefonieren. Es ist ganz einfach."

Mit eckigen Reifen das Klima schützen

Die Europäische Union wird von vielen als menschge-
wordene Bürokratie angesehen. Ich teile diese kleingeisti-
ge Kritik nicht, im Gegenteil. Insbesondere die EU-
Kommission arbeitet pausenlos daran, die Welt zu retten.
So müssen beispielsweise Länder, deren höchste Erhebung
weit unter dem Meeresspiegel liegt, ebenso ein Seilbahn-
gesetz erlassen wie Länder, die Berge ihr Eigen nennen.
Dr. Habakuck Hanebüchen, EU-Kommissar für besondere
Aufgaben, hatte einen harten Tag hinter sich, aber das
hinderte ihn nicht daran, sich auch noch abends der Welt-
rettung hinzugeben. In seinem genialen Kopf war ein
Konzept zum Schutz des Klimas herangereift, nun muss-
te er selbiges nur noch zu Papier bringen.

„Was für ein Tag", rief Dr. Habakuck Hanebüchen
aus, als er sich des Abends erschöpft an seinem
Schreibtisch niederließ. Morgens hatte er von 8 bis
8.07 Uhr eine Sitzung zum Thema „Flachspüler oder
Tiefspüler – wer ist der bessere Klimaretter?" gelei-
tet. Die Sitzung hatte zwar kein Ergebnis gezeitigt,
war aber in einem 649-seitigen Protokoll festgehal-
ten worden. Nur wenig später, von 10.37 bis 18.53
Uhr, war er kurz zu Gast beim Deutschen Verein für
Babymassage, um einen Vortrag mit dem Titel
„Vermeidung von klimaschädlichen Blähungsaus-
stößen durch nach DIN 75-98-D-G-PU-045 zertifi-
zierte kleinmenschliche EU-Neubürger mittels hap-
tischer massageähnlicher Kontaktaufnahme im zentralen oder endkörperlichen Bereich unter Zuhilfen-

ahme von zu Erziehungsberechtigten gehörenden Extremitäten mit handähnlichem Aussehen" zu halten. Nach seinen Darbietungen mussten alle drei Zuhörer mit Verdacht auf Schlafkrankheit in ein nahe gelegenes Krankenhaus eingeliefert werden. Dr. Hanebüchen hingegen war immer noch mopsfidel und stürzte sich putzmunter in eine Sitzung mit dem Titel „Die Glühbirne war nur der Anfang – Verbot aller Lichtquellen und Glühwürmchen". Doch nun endlich, weit nach 19.04 Uhr, fand er Zeit, sich mit dem Entwurf einer neuen EU-Richtlinie zu beschäftigen, einer Richtlinie, die das Autofahren in ein neues Zeitalter katapultieren sollte. Dr. Hanebüchen rief seine Sekretärin herein.

„Frau Schnieders-Grabenheinrich-Patzke, bitte schreiben Sie", hob Dr. Hanebüchen an, nachdem Frau Schnieders-Grabenheinrich-Patzke zum Block gegriffen und Platz genommen hatte. „In unserer Verantwortung vor Gott, dem Universum, den Galaxien sowie dem Klima auf sämtlichen Planeten und Sternen", fuhr er fort, wobei ihm auf einmal klar wurde, dass die meisten Planeten und alle Sterne bedauerlicherweise nicht über ein Klima verfügen. *Nun*, dachte er bei sich, *dann wird die EU eben auch dort ein Klima einführen und schützen müssen.*

„Angesichts dieser Verantwortung verordnet die EU neue und fortschrittliche Regeln für den Autoverkehr", diktierte er weiter. „Schon ab dem kommenden Jahr müssen die Reifen bei Neuwagen mit mehr als 180 PS eckig sein, damit die Raserei aufhört. Aber natürlich sollten auch diese Reifen aus Leichtlaufmaterial sein. Dann kann man umweltfreundlich und sparsam langsam schnell fahren", schloss er seinen ersten Geistesblitz ab, um sofort einen weiteren aus seinem genialen Hirn zu entlassen, der ebenfalls vom Stift seiner Sekretärin, Frau Schnieders-Grabenheinrich-Patzke, aufs Papier gebannt wurde. „Für Autos, die weniger als 180 PS haben, sollen eiförmige Räder Pflicht werden. Die herkömmliche Rad-Form ist aus Gründen des Umweltschutzes abzulehnen."

Auch in Sachen Kohlendioxid-Ausstoß hatte sich Dr. Hanebüchen etwas einfallen lassen. „Die Abgase sollen über ein spezielles System während der Fahrt in die Reifen gepumpt werden. Durch die Zentrifugalkraft, die beim Fahren auftritt, wird sich das Kohlendioxid an den Reifenwänden ablagern und kann beim nächsten Reifenwechsel entsorgt werden", dekretierte er. *Gut, dass ich im Physikunterricht wenigstens das Nötigste mitbekommen habe,* dachte er bei sich. Wie genau die Abgase in die Reifen gelangen sollen, war Dr. Hanebüchen aber noch nicht ganz klar. *Da werden die Wissenschaftler sicher einen Weg finden, schließlich ist es doch ihre Aufgabe, die Naturwissenschaften an die Vorgaben der Politik anzupassen,* überlegte er. „Haben Sie noch etwas zu diktieren?", platzte die Stimme von Frau Schnieders-Grabenheinrich-Patzke in die Stille.

„Selbstredend", entfuhr es Dr. Hanebüchen, der umgehend seinen Sprechapparat erneut aktivierte und seinen Gedanken freien Lauf ließ. „Alte Autos, also alle, die vor dem Jahr 2009 zugelassen wurden, müssen ab 2016 von Kühen oder Pferden gezogen werden. Die Kosten für Anschaffung und Unterhalt der Tiere sollen in ungeraden Jahren zu 30 Prozent steuerlich absetzbar sein – in geraden Jahren ist jedoch eine Strafsteuer von 185 Prozent des Netto-Einkommens zu zahlen, damit die Beseitigung der Hinterlassenschaften der Vierbeiner bezahlt werden kann. Wer sich das nicht leisten kann, erhält die Erlaubnis, sein Auto zu schieben – jedoch nur auf der linken Spur der Autobahn."

Auch die Navigationsgeräte waren in das Visier des EU-Politikers geraten. Sie würden überdurchschnittlich viel Energie verbrauchen, deshalb müsse man sie verbieten. „Stattdessen sollen die Autofahrer Tauben zum Finden des Weges einsetzen. Natürlich ist es ungewohnt und nicht einfach, ständig in den Himmel zu schauen, um die Vögel zu verfolgen, aber dann fahren die Menschen langsamer und klimafreundlicher. Und wenn einer seinen Wagen gegen einen Baum setzt, fällt er schon mal als Klimaschädling aus. Der Baumschaden muss jedoch ersetzt werden," ließ er aus sich herausreden. Auf Autoradios müssen die Fahrer zukünftig ebenfalls verzichten. Man könne sich ein Hörbuch sowie die Nachrichten auch von einem Papagei vorlesen lassen. „Und Wagners Unvollendete sowie die Werke von Dieter Bohlen klingen schließlich auch toll, wenn sie von einem Kanarienvogel geschmettert werden", sinnierte Dr. Hanebüchen, während der Kugelschreiber von Frau Schnieders-

Grabenheinrich-Patzke eilfertig über das Papier glitt.

Ganz nebenbei legte sich Dr. Hanebüchen auch für den Artenschutz ins Zeug. „In den Kühlwasserbehältern der Autos müssen in Zukunft seltene Fische gezüchtet und gehalten werden." Die Aufzucht von Weißen Haien und Walen jeglicher Art sei jedoch wenig ratsam, da hierfür viel Fingerspitzengefühl notwendig sei. Dr. Hanebüchen empfahl Seelachs, Scholle und Dorsch, deren Bestand in Nord- und Ostsee gefährdet sei. „Man kann sie dann nach der Fahrt schon fertig gekocht essen. Und wenn man einen Igel überfahren hat, kann man sogar ein schmackhaftes Dessert sein Eigen nennen." Außerdem wollte Dr. Hanebüchen gewisse Kofferraumgrößen festlegen, in denen geschützte Arten wie zum Beispiel Zwergnilpferd und Weißkopfschneehase leben können. Mit den Worten „Bringen Sie das jetzt bitte anständig zu Papier" entließ Dr. Hanebüchen seine treue Sekretärin, Frau Schnieders-Grabenheinrich-Patzke, weil er noch zu einer weiteren Sitzung mit dem Thema „Einatmen ja, ausatmen nein – lagere Kohlendioxid in deinem Körper ein" musste.

Zwei Wochen später, Dr. Hanebüchens Konzept war längst in allen Medien ventiliert worden, fiel sein Blick auf einen Zeitungsartikel, der seine ungeteilte Aufmerksamkeit in Anspruch nahm. In dem Artikel ging es um ein neues Antriebskonzept, das bei BMW entwickelt worden war. Demnach wollte der bayerische Autobauer einen sensationellen Wagen auf den Markt bringen, wie ein Sprecher ankündigte. „Wir werden ein Auto entwickeln, das mit reiner heißer Luft, also mit den Reden von Politikern, fährt", zitierte das Blatt den Sprecher. Ein Prototyp sei bereits in der Erprobung. Das Fahrzeug werde mit Reden von Oskar Lafontaine angetrieben und sei bereits mehr als 300 Kilometer gefahren – allerdings nur rückwärts. Die deutsche Bundestagsvizepräsidentin Claudia Roth kündigte an, diesen Kraftstoff in Zukunft kostenlos und in unbegrenzter Menge herstellen zu wollen, hieß es weiter in dem Artikel.

Dr. Hanebüchen war erschüttert, dass sein Konzept nun nicht mehr zum Tragen kam. Gleichwohl setzte er sich sofort hin und entwarf eine kraftvolle Rede, um ebenfalls bald als Kraftstoffproduzent fungieren zu können.

Aktivisten all überall

*Das Lesen einer Zeitung kann zu ungeahntem Wissens-
zuwachs führen, zum Beispiel kann der geneigte Medien-
nutzer lernen, dass es offensichtlich keine Linksextremis-
ten mehr gibt. Selbige tauchen in der Regel nur noch als
Aktivisten auf. Aktivisten gibt es mittlerweile zuhauf und
in den verschiedensten Ausprägungen.*

Die morgendliche Zeitungslektüre nahm wieder mal
die gesamte Aufmerksamkeit meiner Freundin Nini
in Anspruch, als ich meinen Organträger am Früh-
stückstische platzierte. „Was liest Du denn,
Schatz?", fragte ich. Nach nur 20 Minuten bemerkte
Nini meine Anwesenheit, und sie sah sich sogar in
der Lage, meine Frage zu beantworten. „Hier steht
ein Interview mit einer Friedensaktivistin in der
Zeitung", informierte mich Nini, bevor sie zu wissen
begehrte: „Was unterscheidet eigentlich eine Friedensaktivistin von mir, oder bin ich vielleicht auch
eine, ohne es zu wissen?".
Ich musste kurz nachdenken. Nini hatte, seitdem ich
sie kenne, immerhin keinen Angriffskrieg angefangen, und sie neigte auch nicht dazu, mich oder andere Menschen zu schlagen sowie Geschirr kraftvoll
zu zerdeppern. Trotzdem verneinte ich ihre Frage.
„Aber wie wird man denn Friedensaktivistin?",
wollte sie wissen. „Das ist ganz einfach", erklärte
ich, „Du musst dir gänzlich ungefragt wichtige
Tipps ausdenken, wie sich die USA und Israel gefäl-

ligst zu verhalten haben, und das erzählst Du dann einer Zeitung." Zwar gebe es weltweit rund 70 Kriege, an denen weder die USA noch Israel beteiligt seien, fügte ich hinzu, aber das seien friedliche Kriege. „Wenn sich in Afrika Mitglieder verschiedener Stämme zu Zehntausenden abschlachten, dann zählt das zur liebenswürdigen Folklore und darf keinesfalls kritisiert werden. Denn wenn man es kritisieren würde, würden die Menschen noch wütender und würden noch mehr umbringen. Indem man es nicht kritisiert, wird man zum Friedensaktivisten." Nini entschied sich, zunächst Friedenspassivistin zu bleiben und blätterte weiter in ihrer Zeitung.

Nur kurze Zeit später hatte Nini in dem Blatt eine weitere sprachliche Neuerung ausgemacht, sodass abermals eine Frage an mein Trommelfell klopfte. „Was ist eigentlich ein Klima-Aktivist?" Es schmeichelte mir, dass meine Freundin mich offensichtlich als Kapazität in Bezug auf politische Begriffe ansah, weshalb ich ihr gerne antwortete. „Ein Klima-Aktivist rettet das Weltklima und somit die ganze Welt. Damit sorgt er für das Überleben der Menschheit", dozierte ich.

„Und wie macht er das?"

„Nun, er versucht, weniger zu atmen als Klimapassivisten, und er pupst auch nicht so viel", erläuterte ich. „Meistens atmet er in eine Tüte, damit das Kohlendioxid nicht in die Umwelt gelangen kann. Außerdem fordert er Gesetze, denen zufolge Autofahrer, die einen Baum beschädigen, mit dem Tod bestraft werden. Und er zeigt alle Menschen an, die einfach so pupsen – wegen Verschwendung und Nichtnutzung von Bio-Gas." Nini zeigte sich erschüttert und steckte den Kopf wieder zwischen die Seiten ihrer Zeitung.

„Weißt Du, was ein Fahrrad-Aktivist ist?", begehrte sie alsbald zu wissen. Sie wies darauf hin, dass sie auch viel und gerne Rad fahre. „Bin ich vielleicht auch eine Fahrrad-Aktivistin?", fragte sie mit so viel Hoffnung in der Stimme, dass es mir im Herzen wehtat, ihre Frage abschlägig beantworten zu müssen. „Nein, Fahrrad-Aktivisten sehen es als ihr Recht an, rote Ampeln zu ignorieren und gegen alle vorzugehen, die ihren natürlichen Lebensraum einschränken – also Autofahrer, Fußgänger, Mütter mit Kinderwagen sowie Hunde, Katzen und Vögel", dozierte ich und griff nun zu einem Teil der Zeitung, in der meine Augen auf ein weiteres merkwürdiges Wort stießen.

„Kannst Du Dir vorstellen, was ein Gänse-Aktivist ist?", richtete ich nun meinerseits eine Frage an Nini, die erstaunlicherweise schlagartig bestens Bescheid wusste. „Ein Gänse-Aktivist", hob sie an, „hat mindestens zehn Semester lang Gänsewissenschaften studiert und dabei gelernt, Start- und Landebahnen für die Tiere anzulegen", ließ sie wissen. Da Gänse temporär ihren Lebensmittelpunkt in Deutschland haben, hätten sie auch Anrecht auf Hartz IV. „Darum kümmert sich der Gänse-Aktivist auch", ergänzte Nini. Schließlich sei es den Tieren nicht zuzumuten, sich mit den Feinheiten der deutschen Behördenbürokratie auseinanderzusetzen, fügte sie hinzu und biss in ein Brötchen, was in mir den Eindruck hervorrief, dass sie eine Tätigkeit als Brötchen-Aktivistin anstrebte.

„Kann man eigentlich auch gleichzeitig Gänse- und Friedensaktivist sein?", sinnierte ich.

„Ei freilich", schallte es von der anderen Seite des Tisches herüber, bevor eine ausführliche Erklärung folgte. „Ein Gänse- und Friedensaktivist isst zu Weihnachten gerne aktiv eine Gans, aber er setzt sich dafür ein, dass das Tier eines natürlichen Todes stirbt. Deshalb konfrontiert er die Gans so lange mit seinen Gesprächsbeiträgen, bis sie freiwillig stirbt", ließ Nini wissen. Frisch in Fahrt gekommen, stellte sie mir dankenswerterweise auch noch dar, wodurch sich ein Friedens- und Klima-Aktivist definiert. „Er fordert Tempo 30 für Kampfjets und Feinstaubplaketten für Panzer", parlierte sie. Zudem setze er sich dafür ein, dass Kriegsschiffe von Hamstern angetrieben werden.

Wir beendeten das ungewöhnlich lehrreiche Frühstück, um uns dem Alltag zuzuwenden. Nini wollte sich dem Einkaufen widmen und im Rahmen dieser verantwortungsvollen Tätigkeit auch bei einem Fleischaktivisten vorbeischauen. Mich hingegen plagte seit einigen Tagen das Zipperlein, so dass ich einen Apothekenaktivisten aufsuchte, der mich jedoch an einen Skalpellaktivisten verwies. Des Abends wollte ich mir im Fernsehen ein Spiel von Fußballaktivisten anschauen. Nini hingegen äußerte den Wunsch, eine Talkshow mit Diskussionsaktivisten sehen zu wollen. Sie drohte damit, bei Nichterfüllung ihres Wunsches mein Arbeitszimmer an einen Gänse-Aktivisten zu vermieten.

Ich muss einen Juristen fragen, ob das überhaupt erlaubt ist. „Der heißt aber jetzt Gerechtigkeitsaktivist", flötete Nini.

Gerechtigkeit statt Evolution

Das Leben ist ungerecht. Menschen sehen unterschiedlich gut aus, bekommen unterschiedliche Krankheiten und altern unterschiedlich schnell – eine Einrichtung der Evolution, die auf immer mehr Unmut stößt, denn sie führt zu Gerechtigkeitslücken, die in Deutschland nicht gerne gesehen werden. Doch drei deutsche Parteien nehmen nun den Kampf gegen die Eigenheiten der Evolution auf. Das Ziel: die Einführung des gerechten Menschen.

Im Besprechungszimmer der SPD-Parteizentrale hatte sich das Dreigestirn der sozialen Gerechtigkeit eingefunden. Gastgeberin Andrea Nahles, die sogenannte Arbeitsministerin der SPD, begrüßte den Fraktionschef der Linkspartei, Gregor Gysi, sowie Claudia Roth, das menschgewordene soziale Gewissen der Grünen. Nahles legte sofort das Thema fest. „Liebe Freunde, es geht nicht an, dass die Menschen körperlich und geistig unterschiedlich sind und dadurch Vor- oder Nachteile haben. Und es ist eine Unverschämtheit, dass der eine schneller altert als der andere, dass die Menschen unterschiedliche Krankheiten bekommen – und überhaupt", hob sie an. Dieses ungerechte Verhalten der Evolution müsse dringend korrigiert werden, schob sie nach. „Das ist eine Jahrtausendaufgabe, aber Generationen von Menschen haben darunter gelitten, und wir werden diese Aufgabe lösen", tönte die sogenannte Arbeitsministerin.

„Eine Jahrtausendaufgabin", verbesserte Roth die SPD-Frau und entließ sofort einen ersten Vorschlag aus dem, was sie Kopf nannte. „Ich persönlich leide sehr darunter, dass es hübsche Frauen gibt und solche, die aussehen wie ich", sagte sie. Ein Problem, dass Nahles lebhaft nachempfinden konnte, sie war auch nur deshalb verheiratet, weil sie ihren Mann bei einer Sonnenfinsternis kennengelernt und auf der Stelle geehelicht hatte. „Wie wäre es", hob Nahles an, „wenn wir ein Gesetz machen, das alle Frauen verpflichtet, so auszusehen wie Du. Mit der plastischen Chirurgie ist das doch heutzutage kein Problem mehr."

Auf den Zug sprang schnell auch Gysi auf. „Ich habe oben auf meinem Kopf schon seit Jahren eine Glatze. Was alleine die Politur dafür kostet", stöhnte er, während sich Nahles mit einer Hand durch ihr langes, volles Haar fuhr. „Auch da kann ein Gesetz helfen. Alle Männer ab 60 müssen sich eine Glatze rasieren lassen. Damit kurbeln wir auch noch das Friseurhandwerk an und schaffen Arbeitsplätze. Man könnte es also als ‚Arbeitsplatzerhaltungs und -schaffungsgesetz unter Umgehung der Evolution' bezeichnen", sprudelte es aus Nahles heraus. Bei einem Blick aus dem Fenster traf ihr Auge auf eine Dame mit einem Rollator, ein Anblick, der sie zu einem weiteren Gesetz ermunterte. „Ich schlage vor, dass in Zukunft alle Menschen ab 60 mit einem Rollator unterwegs sein müssen. Die Polizei soll das überprüfen, wer einfach auf seinen Beinen ohne Rollator unterwegs ist, wird wegen Geschwindigkeitsüberschreitung angezeigt und bekommt 80 Punkte in Flensburg. Außerdem muss er eine Strafe zahlen." Ihre beiden Gerechtigkeitsfreunde nickten beifällig. „Aber jeder Rollator muss eine Feinstaubplakette und einen Katalysator haben", ergänzte Roth. „Und es müssen auch Rollatorinnen gekauft werden."

Gysi sah abermals die Chance, die Diskussion weiter voranzubringen. „Ist es nicht ungerecht, dass manche Menschen eine Brille tragen müssen und andere nicht?", warf er ein und putzte demonstrativ sein Nasenfahrrad. Ein Punkt, der nun Roth dazu reizte, einen Vorschlag zu präsentieren. „Wir legen gesetzlich fest, dass alle Menschinnen und Menschen, gleich welchen Alters, eine Brille tragen müssen. Wer keine braucht, kann ja Fensterglas in die Fassung tun. Das gilt auch für Babys und Babyinnen", trompetete sie.

Nahles fertigte hurtig eine entsprechende Notiz an, wobei völlig überraschend eine weitere Idee aus ihrer Gehirnzelle entsprang. „Gehör", rief sie aus. „Das Gehör! Es ist ungerecht, dass manche Menschen noch bis ins hohe Alter gut hören und andere nicht. Da müssen wir Gleichheit herstellen", erklärte sie. Es war Gysi vorbehalten, diese Idee weiterzuentwickeln: „Wir schreiben einfach gesetzlich fest, dass alle Menschen ab einem gewissen Alter schlecht hören müssen. Das hat auch den Vorteil, dass sie unsere Wahlversprechen nicht mehr hören können", schlug er vor. „Und wenn wir dann noch dafür sorgen, dass alle Menschinnen und Menschen

Alzheimer und Alzheimerin bekommen müssen, können sie sich auch nicht mehr an die Versprechen erinnern, selbst wenn sie sie wider Erwarten noch gehört haben", ereiferte sich Roth und rutschte aufgeregt auf ihrem Stuhl hin und her.

Nahles und Gysi reagierten begeistert und zählten weitere Krankheiten auf, auf deren Anschaffung sich die Bürger gefasst machen müssten. Nachdem Nahles mehrere DIN-A-2 Seiten vollgeschrieben und mit Fußnoten versehen hatte, musste sie jedoch ein wenig Wasser in den süßen Wein der Gerechtigkeit gießen. „Wir können nicht erwarten, dass jeder Bürger jede Krankheit bei sich installiert. Deshalb schlage ich Folgendes vor: Jeder Mensch ab 60 muss regelmäßig zum Arzt. Dieser hat dem Patienten mehrere Krankheiten anzubieten sowie schlussendlich zu verschreiben, und der Bürger muss sich für mindestens fünf entscheiden. Zwei von den fünf müssen Demenz und Schwerhörigkeit sein, die drei anderen sind frei wählbar", sprach sie und lehnte sich mit einem triumphierenden Lächeln in ihrem Stuhl zurück.

Die Reaktionen ihrer beiden Mitstreiter reichten von „genial" bis zu „fantastisch." „Jetzt kann die Evolution sehen, wo sie bleibt, wir sind die Evolution – und natürlich die Evolutionin", rief Roth aus. Gysi jedoch war in ein dumpfes Schweigen verfallen, ein Verhalten, das stets auf eine kommende hochintellektuelle Äußerung schließen ließ – die dann auch flugs von ihm in den öffentlichen Erlebnisraum gestellt wurde. „Wie wollen wir das finanzieren?", fragte er. Die nachfolgende Stille währte nur kurz und wurde urplötzlich durch schallendes Gelächter durchbrochen. „Das ist doch kein Problem", japste Nahles. „Genau" assistierte Roth, „wir erhöhen einfach die Steuerinnen und Steuern", fügte sie lachend hinzu und wunderte sich über die Naivität des Linkspartei-Spitzenpolitikers.

Ein aus drei Kehlen geschmettertes „Amen" setzte den Schlusspunkt unter diesen denkwürdigen Gedankenaustausch.

Über den Autor

Markus Tönnishoff wurde 1965 in Bremen geboren und ist als Redakteur bei einer norddeutschen Tageszeitung tätig. Als solcher hat er bereits zahlreiche Glossen und humoristische Texte für das Blatt geschrieben, auch Satiren für „Welt Online" stammen aus seiner Feder – zudem war er mit den Ergebnissen seiner überaus leistungsfähigen Großhirnrinde in der „Berliner Zeitung" präsent. Tönnishoff hat Politikwissenschaft und Soziologie studiert und wundert sich heute noch darüber, dass trotzdem etwas aus ihm geworden ist. In seiner Freizeit beschäftigt sich der Autor gerne mit Mumpitz jeglicher Art. Nach dem Verfassen dieses Buches hat Tönnishoff sich wieselflink und aufs Schärfste von selbigem distanziert.

Zeitfracht Medien GmbH
Ferdinand-Jühlke-Straße 7
99095 Erfurt, Deutschland
produktsicherheit@kolibri360.de